盗っ人から盗む盗っ人 1

《唐狐》参上!

藤 水名子

時代小説

二見時代小説文庫

目次

盗っ人から盗む盗っ人1——《唐狐《からぎつね》》参上！

序

※

子《ね》の刻──。
いや、最早丑《もはやうし》の刻に近いだろう。月も星もない闇夜が、この世のすべてを覆い尽くしているかのようだった。
ひゅるるー
ザッ……
ひゅるるるー
ザッ……
時折吹き荒《すさ》ぶ風の音に紛れて足音が聞こえる。それも複数。一糸乱れることなく同じ速度で走るため、複数人のものでありながら、一人のもののようにも聞こえる。

足音は、やがて一軒の家の前で止まった。

表通りに立派な店舗を構えるお店《たな》の裏口だ。

裏口の戸に閂《かんぬき》はかかっておらず、軽く押すだけでスッと音もなく開く。黒装束の者らは易々と侵入を果たす。

半刻か一刻か。

ほどなくときが過ぎ、彼らは再び路上に姿を現した。姿を現したときには、彼らは一人一つの木箱を抱えている。

何処《どこ》からか、荷車も運ばれてきていた。一人一つずつ、彼らが手にした重たげな箱は、次々とそれに積まれ、しっかりと括《くく》られる。すべてが、舞台の上の役者の動きの如《ごと》く無駄がなく、流れるように滑《なめ》らかであった。

やがて車はゆるゆると動き出し、その四囲《しい》を、黒装束たちが護る。

荷車と黒装束とは、まるで黒装束が車の車軸と一体化したが如く見事に連携していたが、それまで一瞬のよどみもなかった車輪の回転と黒装束の足並みが、ふと止まった。

「おい、どうした？」

列の殿《しんがり》を務めていた男――おそらく一味の頭《かしら》が、不審げに声をかける。が、声をかけるより早く、一味の者たちは意識を失ったようで、その場でバタバタと倒れ込んだ。

「お、おい、てめえら、いってぇ、どうしたってん……だ……」

慌てて言いかける頭の言葉も半ばで尽き、

「な、なんだ、こりゃあ……」

茫然と口走りながら、次の瞬間彼もまた唐突にその場に頽《くずお》れた。

一瞬の静寂の後、まるでその一部始終を見届けていたかのように姿を現す黒装束の者たちがあった。

その人数は総勢四名。秋祭りの夜市で売っているような狐《きつね》の面をつけた彼らもまた、足音をたてずに歩く輩《やから》だ。

「効きが悪いな」

後から現れた狐面の一人が、仲間に向かって不機嫌な言葉を投げかける。

「危うく逃げられるところだったぞ」

「仕方なかろう。此度《こたび》は南蛮《なんばん》渡来の痺《しび》れ薬が間に合わず、手に入る薬草で急場しのぎに処方したのだ」

黒装束の中でも目に見えて恰幅のよい一人が苦《にが》りきって応えつつ、箱を積んだ荷車の轅《ながえ》を摑んで持ち上げる。すると彼は、先の集団が五、六人がかりで支えていた車体を軽々と持ち上げ、難無く方向転換した。膂力《りょりょく》の強さは比類ない。

だが、最初に口を開いた男の不機嫌な言葉はなお続く。

「だとしたら、もっと早くから嗅がせとくとか、いくらでも方法はあったろうよ」

「そんなに言うなら、てめえでやれよ。なんでもかんでも、人任せにしやがってよう」

執拗に責められると、荷車を引く男の口調もつい荒くなる。

「人任せって言うけど、そういう荒事は元々、忠《ちゅう》さんの役目だろ」

「…………」

「私は、自分の役目は果たしてるつもりだよ」

「…………」

忠さんと呼ばれたその男は、蓋《け》し狐面の中で苦虫《にがむし》を嚙み潰していることだろう。

「本当は、土蔵を破ったところで眠らせたかったのになぁ。……ギリギリだったじゃないか。逃げられたら元も子もねえんだぜ」

「間に合ったのだから、いいだろう。次からは気をつける」

こみあげる不満を喉元でグッと堪《こら》えた口調で恰幅のよい男は言い、あとは黙々と車を引く。相手は謂わば暴君だ。物見遊山に来ているわけでもあるまいし、いまは聞こえぬふりでやり過ごすのが利口な遣り方だ。

当然忠さんもそうするつもりだった。

そのつもりだったのに、

「間に合ったって言っても、ホントにギリギリだぜ。こんな店の外まで出てきちまってさ。……店ン中でおねんねさせとかなきゃ、意味ねえだろ」

なお執拗にねちねちと言い募られて、

「黙れ、豎子《こぞう》ッ」

忠さんと呼ばれた男はとうとうぶち切れた。

「な、なんだよ」

暴君も、さすがにたじろぐ。

「しつこいぞ、豎子」

「豎子ってなんだよ。一体この私をいくつだと――」

「いくつになろうと、豎子は豎子だ。三十年前と何一つ変わらん。貴様は全く成長しておらん」

「な、なんだとッ！」

豎子呼ばわりされた男も思わず声を荒げかけるが、そこは弁《わきま》えていて低く落とした怒鳴り声である。ここで激しい怒声を発するほど、二人とも正気を失ってはいない。

「もう、やめてくださいよ、お二人とも——」

「そうですよ。ただでさえ予定より遅れてるんですから」

見かねた他の二人が、すかさず割り入った。

「けどなぁ、このままじゃ、こいつらいつ目を覚ますかわからねえんだぞ。夜明け前に目を覚ましてずらかっちまったら、どうすんだよ？」

「如何に急場しのぎとはいえ、そんないい加減な処方はしておらん。心配せずとも、奴らは朝までしっかり白河夜船《しらかわよぶね》よ」

ふて腐れた口調で忠さんが応えると、

「そうですよ。忠さんの処方に間違いがあるわけないですよ」

「兎《と》に角《かく》、一刻も早く船着き場まで行かなきゃ、ねえ、お頭《かしら》——」

二人は懸命にかき口説く。

一人は七尺近い長身で隙のない身ごなし、一人はやや小柄ながらも猿《ましら》の如く身軽そうだ。

「わかってるよ」

するとと、今度はお頭のほうがふて腐れた声を出し、それでも荷車の先に立って歩き出した。仲裁した二人はホッとして車のあとを押す。

先に立って歩き出したお頭は、やがて早歩きから小走りとなって荷車を誘導した。

彼らが道を進むにつれ、闇は一層濃さを増してゆく。

荷車も狐の面の者らもともに、いつしか闇にまぎれて消え去るのみ――。

※　※

「聞いたか？《夜嵐《よあらし》》の一味がお縄になったってな」

「なに、《夜嵐》の一味がお縄に？　頭の段右衛門《だんえもん》もか？」

たまたま隣りに居合わせた男の言葉に、同じような身形《みなり》、年格好をしたその男もまた無意識に応じて問い返す。

「そりゃあ、一味が根刮《ねこそ》ぎお縄になったんだから、当然お頭だって捕まったろうよ」

「《夜嵐》の段右衛門といえば、用心深いことで知られた男だぞ。それが易々と捕まるとは思えねえな」

「易々かどうかは知らねえが、盗みに入ろうとしたお店の前で、待ち構えてた火盗《かとう》にとっつかまったらしいぜ」

「お店の前で？　なんだって火盗は一味が狙ったお店の前で待ち伏せできたんだ？」

「そりゃ、たれ込みだろ」

「たれ込み？……信じられねえな」

首を傾げつつ一旦は口を噤《つぐ》み、その男は難しい顔つきで考え込んだ。

二人の男が話し込んでいるのは、多量の熱気が充満する薄暗い賭場《とば》の片隅。己の欲望をかなえることに懸命な者たちは他人の無駄話などに耳を貸す余裕はない。

また、非合法な場所でもあるため、寄り集まっているのはどうせろくな連中ではない。万一誰かに話を聞かれても、咎められる虞《おそれ》はなかった。

男たちも、それを承知で話しているのだ。

「信じられねえって言っても、それが事実なんだから仕方ねえよ」

はじめに口火を切った男は、そう結論を下したが、話し相手の男は納得しなかった。

「どうにも妙だ。そいつは、もしかして、例の――」

「例の？」

意味深な男の顔つきと言葉に、結論を下してその話を切りあげようとしていた男も、つい引き込まれる。

「例の、なんだよ?」

「ほら、盗っ人から盗むと評判の……」

「ああ、《唐狐《からぎつね》》とやらか?」

男はふと声を落として問い返し、

「ああ、まさにその《唐狐》だよ」

答える男もまた声を落とす。

賭場の喧騒の中では、聞き取れるかどうかという小声である。

「まさか」

「《夜嵐》の段右衛門ほど慎重な親分が、火盗が待ち伏せしてるかもしれねぇお店にのこのこ現れるとは到底思えねぇ」

その男は強い語調で主張する。

「それはそうだが……」

「段右衛門なら、必ず火盗にも間者《かんじゃ》を潜り込ませてる。火盗に妙な動きがあれば事前に知れる筈だ」

「けど、《唐狐》なんて、本当にいるのかどうかもわからねぇ、ただの噂だろ。ドジを踏んだ盗賊が、まことしやかにでっちあげたのかもしれねえぜ」

「いや、《唐狐》の遣り方は巧妙だ。《夜嵐》一味のやり口は、予《あらかじ》めお店に送り込んだ引き込み役を使って一服盛り、奉公人から家族まで全員眠らせる。そのあいだに金蔵を空にする。殺しはしない。頭の段右衛門が血を嫌うからな」

そこまでひと息に言い切って、だがその男はふと口を噤んだ。

年の頃は四十がらみ。どう見ても、堅気とは言い難い風貌の中年男だ。確固たる自信に満ちた口調は、己がその道に手を染めていた証左であろう。

「あんた、やけに詳しいな」

はじめに話しかけたほうの男は、明らかに見直した様子で改めてその男を見る。

「その筋じゃ、有名な話だよ」

「けど、だからってなんで《唐狐》の仕業《しわざ》だと言い切れるんだよ」

「《唐狐》は盗っ人から盗む盗っ人だと言われてるが、そのやり口も、盗む相手と同じ手口を使うんだ」

「というと?」

「《唐狐》は、《夜嵐》一味に事前に一服盛っておいて、一味がちょうど金蔵を破って千両箱を運び出したところで眠っちまうように仕組んだんだ」

「どうしてそんなことができるんだ？」

「さあな……詳しいことはわからねえが、化かすのは得意だろ、なにしろ狐なんだから」

「なぁんだ、当てずっぽうかよ」

話しかけたほうの男が顔を顰《しか》めると、

「まあ、そんなところかな」

その男は少しく口の端を弛《ゆる》めた。

笑うと忽《たちま》ち人懐《ひとなつ》こい善人の顔に変わり、話しかけたほうの男は内心ホッとする。言葉を交わすのははじめてだが、彼の顔はちょくちょく目にした。賭場に頻繁に出入りしているような男だから、当然堅気ではなく、その筋の者だろうと踏んで試しに捕らえられた盗賊一味の話題をふってみたが、思った以上の反応があり、実は少々持て余していたのだ。

盗っ人の話題などふったのは、ほんの座興のつもりだった。

「おい、もう帰るのか？」

チラッと笑顔を見せるなり腰を上げる男をふり仰いで問うたが、心中の安堵が表れていたのだろう。

「ああ、今夜はどうもついてねえ」

更に相好《そうごう》をくずして男は言い、それきり背を向けて立ち去った。

「そ、そうかい」

小声の返事が立ち去る男の耳に届いていたかどうかはわからない。

堂内には、盆茣蓙《ござ》を取り囲む熱気とともに、男たちの放つ猥雑な声音が終始鳴り響いていた。


賭場が開かれた本堂を一歩出ると、鬱蒼と樹木が生い茂っている。

武家屋敷の中間《ちゅうげん》部屋などで開かれる臨時の賭場は近頃取り締まりが厳しく、専《もっぱ》ら郊外の荒れ寺で行われることが多い。荒れ寺とはいえ寺である以上寺社奉行の管轄であるから、抜き打ちの探索などが入る虞はない。

寺の敷地内から出て、人気《ひとけ》のない田舎道をしばらく歩いたところで、男はふと足を止めた。

不意に木陰から姿を現し、彼の行く手に立ちはだかる者があったのだ。

「なんだ、女か?」

地味な葡萄《えび》色の着物に御高祖《おこそ》頭巾を被《かぶ》った女を見て、男は少しく安堵した。

「なんだい、ねえさん？」

「…………」

「おいらに何の用だい？　まさか新手の夜鷹《よたか》とも思えねえが」

深く顔を伏せたまま、言葉を発さぬ女に向かって、男はやや気安い口をきいた。着物の色からして、若い娘とは思えないが、挙措は武家女のように楚々としている。己に対する敵意も感じられない。調子に乗るのも無理はなかった。

が、次の瞬間、

「《布田《ふだ》》の三吉《みつきち》」

すぐ背後から低く囁かれて、男は慄然と立ち尽くす。

「おとなしくしてりゃあ、見逃してやろうと思ってたが、あることないこと、ペラペラと喋られたんじゃかなわねえ」

底低い男の声音であった。

「て、てめえら、《唐狐》一味だな？」

三吉は語気を荒げて問い返したが、その声音は心なしか震えていた。

「捕らえられた《夜嵐》一味の人数が一人足りないのは、てっきり火盗の数え間違いかと思ったが、本当に一人だけ逃げた奴がいたとはな」

「……」

「だから、言ったろ。途中で目を覚ます奴がいるかもしれねえって」

それまで黙っていた御高祖頭巾の女――いや、実際には男の女装であったが――が、ゆっくりと口を開く。

「一坊《いちぼう》は黙ってろ」

背後の男は低くそれを制してから、

「折角神様のお目こぼしで助かったんだ。さっさと上方《かみがた》へでもずらかりゃあいいもんを、いつまでも江戸《えど》でくすぶってやがって、剰《あまつさ》え、賭場通いなんぞしやがって」

三吉の耳許《みみもと》に低く囁《ささや》く。

囁かれた三吉は、身動《みじろ》ぎもせず佇立《ちょりつ》していた。その背に、ピタリと刃先が当てられていることは先刻承知済みだ。御高祖頭巾の女――女装の男を突き飛ばして逃げることも考えたが、それより早く、背後の男の切っ尖が彼の背を貫くだろう。背後から感じられる殺気はそれほど夥《おびただ》しいものだった。

「まさか、賭場で盗っ人仲間を見つけて、新しい《夜嵐》一味でも作ろうと思ってたのか？」

「《夜嵐》の親分は大恩人だ。せめて跡目を継《つ》いで《夜嵐》の名前を残せれば、恩返しになる」

「お前ごときが？　段右衛門親分が草葉の陰で泣くぞ」

背後の男に嘲笑われ、三吉は思わずカッとなった。が、懸命に堪えた。己が敵《かな》う相手でないということは膚《はだ》で察している。

「大方、《夜嵐》の名を使って与太者同然のこそ泥でもかき集め、せこい稼ぎをするつもりなのだろう。恥を知れ」

「畜生ッ！」

遂に堪えかねて、懐《ふところ》の匕首《あいくち》を手にしざま、三吉はそれを振り翳した。但し、背後の男に向かってではなく、行く手を遮る女装の男に向かって——。

ひゅうッ、
密やかに風の吹き抜ける音がして、次の瞬間その場でバッタリ倒れたのは、匕首を構えた三吉のほうだった。御高祖頭巾の女装の男が、額でも掻こうとするように軽く袖を振り上げたとき、その袂《たもと》から数本の針が飛んで三吉の額《ひたい》、喉笛《のどぶえ》、左胸へとそれぞれ突き刺さったのだ。針といっても縫い針ではなく、医術に用いる鍼《はり》のほうである。

瞬時に倒れて身動きしなくなった三吉は当然息絶えている。彼を襲った鍼に毒が塗られていたのは言うまでもない。

「こっちの処方はいつもながら完璧だな」

三吉の体に刺さった鍼を手早く回収しながら女装の男は言う。

「忠さんの処方は完璧な筈なのに、なんでこいつだけ、捕り方が来る前に目を覚ましちまったんだろうな?」

「さあな。薬が効きにくい体質だったんじゃねえのか」

「じゃあなんで、こっちの毒はすぐ効いたんだ?」

女装の男はなお愉しげに問うたが、喉元にこみあげる言葉を、忠さんは呑み込んだ。

(ったく、きりがねえ)

忠さんは心中苦りきっている。

鬱陶《うっとう》しい減らず口を封じるためには、返事をしないのが最も有効な手段である。なにか答えれば、即ち、倍以上の減らず口が返ってくることになるのだ。

「頼むぜ、忠さん。私が怠け者なのはよく知ってるだろ」

「………」

「こういう余計な仕事が増えるのは、本当に困るんだよ」

「そう言いながら、一坊は随分と楽しそうだな」

という言葉も、懸命に堪えた。

余計な仕事は御免被《ごめんこうむ》ると言うくせに、減らず口ならいつまでも吐き続ける相手に、これ以上その機会を与えてはならない。

だから忠さんは懸命に堪え、自ら先に立って歩きだそうとした。

すると、

「まあ、いいや。折角こんな形《なり》で来たんだから、ここは道行で帰るとするか、なあ、忠さん」

難癖をつけるのにも飽きた御高祖頭巾の女装の男は、スルスルと忠さんの側《そば》に寄り、その青鈍《あおにび》色の袂をとった。さすがに渋い顔をしたものの、忠さんはかまわず歩きだした。

恰幅がよく、頭一つ上背で勝る忠さんに女装の者が寄り添って歩くと、一見似合いの男女に見えるから不思議であった。

（四十男と五十男で、道行もあるもんかよ）

心中密かに思った瞬間、思わず噴き出しそうになるが、辛うじて間際で堪えた。笑えば今度はそれを見咎められ、言い訳しなければならなくなる。できればそれは避けたかった。

第一章　風流閑人

一

「急いでよ、お信《のぶ》ちゃん」

浅黄《あさぎ》地に格子柄の着物を着た娘が、真新しい黄八丈《きはちじょう》がいまにもはち切れそうなほどふっくらした娘の手をとり、容赦なく急《せ》かす。

「急いでるつもりだけど……」

「もっと急いで！」

「ちょ、ちょっと、待って、お春《はる》ちゃん」

急かされた黄八丈の娘は懸命に訴える。

「草履《ぞうり》が脱げそう……」

「だったら、脱いで裸足《はだし》になりなよ。少しは速く走れるかもよ」

「そんな……草履を脱いだって、そんなに速く走れやしないわ」

「走らなきゃ、間に合わないのよ」

「そうよ、お信ちゃん。そもそもこんなギリギリになったのも、あんたがのろのろしてたせいじゃない」

数歩先を行っていた娘が、眉を吊り上げて二人を顧みた。三人の中では最も器量好しだが、気も強そうだ。薄紅色《うすべに》の花小紋がよく似合う。

「そんなに責めちゃ可哀想よ、お喜美《きみ》ちゃん」

「なによ。あんただって、そう思ってるんでしょ、お春ちゃん」

「…………」

問い詰められて答えられぬのは、お喜美の言葉を肯定している証拠であった。

「こ、これでも精一杯急いでるのよ」

険悪な空気をなんとかしようと、お信は懸命に言い募る。

「もっと急ぐのよ！」

「これ以上は無理よ」

「無理でも急ぐのよ」

「そうよ！　おっつけ巳《み》の刻の鐘が鳴るんだから」

年の頃は十五、六の娘らが三人、はしたなく裾を乱しながら小走りに行く。

「先月は、お信ちゃんが寝坊したおかげで《高麗屋《こうらいや》》の新作買えなかったのよ！」

「だからこうして、店が開く前に行こうとしてるんじゃない」

「そうよ。先月は開店して一刻とたたないうちに売り切れちゃったのよ」

「巳の刻ちょうどに店が開くのよ！」

お喜美が強く主張するのと、彼女らと同じような年格好の若い娘が数人、足早に三人を追い越して行くのとが、ほぼ同じ瞬間のことだった。

一陣の風が吹き抜けるが如き速さに、三人は一瞬間呆気にとられる。

吹き抜ける瞬間、

「今日の店番は伊助《いすけ》さんかしら、それとも卯之吉《うのきち》さんかしら？」

「どっちが好みなの？」

「あたしはどちらかというと伊助さんかしら。役者みたいないい男」

「あたしは卯之吉さん。子犬みたいに可愛らしいもの」

囁かれた会話に、三人は耳を傾けた。

おそらく、同じお店で女中勤めをする者たちだろう。藍《あい》色地に揃いの柄のお仕着せを身につけていた。瞬《また》く間に駆け抜け、その背は遙かに駆け去ってしまう。

三人は呆気にとられたまま、彼女たちの立ち去った方向をしばし凝視した。

しかる後、

「あ、あたしたちも急ぐのよ」

気を取り直してお喜美が促し、

「そ、そうね」

「急がなきゃ」

お春とお信もそれに続いた。

「今日こそ、《高麗屋》の新作手に入れなくちゃ」

「そうよ！　買いそびれたら、またひと月待たなきゃならないわ」

口々に言い合いながら、やがて三人も目的の店の前に到着するが、折しもそのとき巳の刻の鐘が鳴り響く。

案《あん》の定《じよう》店の前には大勢の人集《ひとだか》りがしていた。

その殆《ほとん》どが、十五、六から二十歳《はたち》そこそこの若い娘たちばかりだ。

約半数は開いた店の中へと呑まれていったが、残り半分は入りきらず路上に群れている。

「お店はたったいま開いたばっかりなのに、もう満員なんて……」

「これじゃすぐに売り切れちゃうわ」

「兎《と》に角《かく》店の中に入らなきゃ」

「ちょっと、やめなさいよ！」

「そうよ！　中はもういっぱいなんだから、これ以上入れないわよ」

「なんですって！　こっちは卯《う》の刻前に起きて、一刻以上もかけてきたのよ」

「意地でも入ってやる！」

店の入り口に到着した娘たちは、他の娘を押し退《の》けて中に入ろうと試みた。

「入れるわけないでしょ」

「やめなさいよッ」

「いやよ！　絶対に新作の簪《かんざし》、買うんだから！」

「あたしだって欲しいわ」

「折角大木戸《おおきど》の外から歩いてきたのよ！　手ぶらじゃ帰れないわッ」

「知らないわよ、そんなこと！　田舎者はさっさと大木戸の外へ帰りなさいよッ」

「なんですって！」

「ちょっと押さないでよ！」

「仕方ないでしょ。外からどんどん入ってきちゃうんだから」

「………」

若い娘たちの言い合うかん高い声音が、雀《すずめ》の囀《さえず》りの如く店の中から湧き起こっていた。

「ちょ、ちょっと待ってください、お客さん。……簪をお求めの方は一列に並んでくださいまし」

若い手代が懸命に言い募るが、いまや暴徒同然の娘たちにはまるで通じる様子はない。

「一体なんの騒ぎだい？」

近所の者たちは心得ているので一向《いっこう》気にもしないが、偶々《たまたま》通りかかった者はさすがに眉を顰《ひそ》めて近くにいる者に問うた。

「十五の日だよ」

「十五の日？」

「《高麗屋》が新作の簪を売り出す日だよ」

「じゃあ、あの娘たちはみんな、新作の簪を買いに来てるのか？」

「ああ、そうだよ」

「たかが簪のために、あれほど目の色変えて？」

「しょうがねえよ。すげえ人気なんだ」

「だからって、たかが簪のために……」

「知らねえのか？　近頃江戸じゃ、意中の娘を口説くのに、他のなにより、《高麗屋》の簪さえあればいい、って評判なんだぜ」

「それほど？」

通りすがりの中年男は忽《たちま》ち目を丸くした。

おそらく、江戸の事情に疎《うと》い余所者《よそもの》なのだろう。うち続く飢饉のため、江戸に流れ込んでくる者は少なくない。

「それほどいい簪なのかい？」

「さあなぁ、たいして高価な品とも思えないが、若い娘の好みはよくわからねえからなぁ」

聞かれた者——四十がらみのお店者ふうの男は素っ気なく答えて立ち去った。見馴れた光景なので、今更珍しくはないのだろう。

「痛いッ！」

「押さないでって言ってるでしょ！」

「あたしじゃないわよ！」

何事かと人に問うたその男だけが、一人呆気にとられてその場に立ち尽くしている。

「嫁入り前の娘があんなに大声はりあげて、はしたねえ話だよな」

「店が開く前から押しかけても、初日に売るのは二十本と決まってるから、買えなかった者たちは悔しがって大騒ぎだ。毎度毎度、迷惑な話だよ」

「まったくだ。朝っぱらから、騒がしくてしょうがねえや」

近所の住人と思われる二、三名が、少し離れた場所から冷めた目で見据え、若い手代二人と壮年の番頭の三人がかりで応対しても、店内の混雑ぶりはなかなか収まる様子もなかった。


江戸でも名だたる大店《おおだな》の建ち並ぶ日本橋駿河町《にほんばしするがちょう》界隈。

その表通りからちょっと引っ込んだあたりに、小間物《こまもの》屋の《高麗屋》はあった。さほど大きな店ではないが、強面《こわもて》の五十がらみの番頭に若い手代が二人、ときには丁稚《でっち》の一人二人いたりすることもあるため、家族経営の小店というわけでもない。

だが、いつからそこで商いしているかと問われれば、大抵の者がすぐには答えられず首を傾げた。二、三年前からと言われればそんな気もするし、十年前からあると聞けば疑いもしない。

表通りの大店がつぶれたり他へ移転したりすれば目立つし人の噂にもなるが、隣近所と見分けのつかぬ程度の目立たぬ店を、誰もそれほど気にかけてはいない。

仮に主人が、四十過ぎて独り者で女形《おんながた》めいた優男《やさおとこ》だとしても、せいぜい長屋のおかみさんたちの噂話にのぼる程度で、すぐに忘れられてしまうだろう。浮世離れした道楽者の主人に代わって番頭が店の実権を握っているお店など、それこそ掃いて捨てるほど存在する。

そんな《高麗屋》が商うものといえば、簪、笄《こうがい》、根掛《ねがけ》や櫛《くし》など、主に若い娘の髪を飾る小物。それも、珊瑚《さんご》や鼈甲《べっこう》などの高級品は扱わず、細工の妙で人目をひく錺《かざり》簪が人気を博していて、店頭には客が絶えない。

子供の小遣いでも買えそうな五十文前後のものから、高くても数百文の品が殆どなので、沢山《たくさん》売らねば儲けは出ないが、残念ながらこの店の主人には、およそ商売気というものがないようだった。

「新作の簪の数をもう少し増やしたらどうですかね？　二十本足らずじゃ、毎回わざわざ足を運んでくれる客に無駄足を踏ませることになる。折角来てくれたのに、気の毒じゃねえですか」

毎月十五日、新作の簪を発売した日の店終《じま》い後、番頭の忠蔵《ちゅうぞう》は主人の東次郎《とうじろう》に向かって同じ言葉を口にする。

だが、

「これ以上増やすのは無理だなぁ。職人に負担がかかるからね」

さも億劫そうな東次郎の返答も、いつも寸分違わない。

優しげな風貌に相応《ふさわ》しく物柔らかな口調ながら、眼差しは一向無関心だ。その証拠に、お気に入りの香《こう》を聞く手も鼻も一向休めない。

「それに、初日は二十本でも、翌日からも少しずつ店に出してるじゃないか」

「初日が肝心なんですよ。客が押しかけるのは初日だけなんですから」

「だったら、初日に客が押しかけないようにすればいいだろ」

「どうやって？」

「そりゃあ、説得するしかないだろ。新作の簪は発売日以降でも買えますよって、根気よく言い聞かせればいい」

「それこそ無理な相談ですね」

ここぞとばかりに、忠蔵は主張する。

「発売当日に、うちの新作の簪を挿すことに意味があるんです。翌日以降じゃ意味はありません」

「それでも、翌日以降でも買いに来る客はいるじゃないか」

「それは、簪を餌《えさ》に意中の娘を口説きたい助平野郎が買いに来るんですよ」

「それこそ意味ないじゃないか。うちの簪は発売当日に挿すことに意味があるんだろ。翌日以降に贈ったところで到底口説けるとは思えないね」

「どうでもいいんですよ、そんなことは」

忠蔵は益々苦《にが》い顔つきになる。

「一坊……じゃなくて、旦那様も、もう少し商売に身を入れてくれって話ですよ」

「はて、そう言われてもなぁ」

それまで聞いていた香をふと膝下に置き、東次郎は腕組みをした。目を閉じ、しばし沈吟《ちんぎん》する。

さも思案している風情だが、実際にはなにも考えていまい。忠蔵にはすべてお見通しであった。

「初日に、せめて五十本出せませんかね」

少しの間をおき、存外遠慮がちに忠蔵は言った。忠蔵にしてみれば、思案の余地を

残したつもりだったのに、

「いきなり倍以上は無理だろう。それに、数を増やせば質が落ちる」

東次郎はにべもなく即答した。

（やっぱりなにも考えてねえな、この野郎）

内心忌々《いまいま》しく思いつつ、

「なら、他の職人に頼むのはどうです？」

忠蔵は懸命に食らいつく。

「他の職人？ 私の望む細工ができる職人は、隆《たか》しかいないと思うが」

東次郎の顔色が忽ち曇る。

己の失言を、同じ瞬間忠蔵も内心激しく悔いた。そこだけは、容易《たやす》く踏み入っては
いけない領域なのだった。

（しまった……）

忠蔵は忽ち困窮した。

「そうだ！」

それ故、つい安易な思いつきを口にしてしまった。

「隆に弟子をとらせりゃいいんですよ。弟子なら、隆の意匠どおりに作れるでしょう。

そうすれば、いまよりもっと量産できます」

「あの偏屈な野郎が弟子なんかとるわけないだろう」

東次郎の返答はにべもない。

「仮にとったとしても、三日ともたないだろうよ」

だが、実にもっともなものだった。

東次郎には商売気はないが、多少主人の自覚はある。お抱えの職人を、なにより大切にしているのだ。

己の失言に内心臍《ほぞ》を噛みつつも、

「で、では、もうちょっと、値の張るものもおきましょうよ、旦那様。小娘相手の安い商売じゃ、埒《らち》があきません」

忠蔵は懸命に言葉を継いだ。

兎に角、東次郎の意識を変えたい。その強い思いのあまりについ口走った言葉は、
残念ながら墓穴を掘った。

「わかってないね、忠さんは」

病弱を理由に商売には極力関わらぬ道楽な主人ながらも、東次郎は決して愚かな男ではない。

「珊瑚玉だの鼈甲だの値の張る品は、そうそう売れるもんじゃないだろ。仮に買うとしても、うちみたいな小店じゃなく、表通りに軒を連ねる大店で買うよ。信用が違うからね。そうじゃないかい、忠さん？」

「それは……」

　忠蔵は容易く口籠もった。

　東次郎の言うとおりだった。

「高価な品を仕入れて売れ残れば損をするのは目に見えてる。小娘相手の小商いが気楽でいいのさ」

「………」

「稼ぎは少ないかもしれないが、さほど損もしていないだろう？」

「それは、まあ……」

「うちみたいな小店が、いきなり大儲けしてごらんよ。なにか不正をしてるに違いないって、痛くもない腹探られるのがおちだよ」

　帳簿にもろくに目を通さぬ東次郎だが、言うことには一応筋がとおっている。それ故忠蔵はもうそれ以上言い返すことができなくなった。

（駄目だ。口では到底かなわねぇ）

忠蔵は内心臍を嚙みつつ、

「ですが、旦那様、いまは気楽でいいかもしれませんが、何《いず》れは、伊助や卯之吉に暖《の》簾《れん》分けしてやらなきゃならないでしょうが」

若い手代の名を引き合いに出してみるが、

「二人とも、まだ二十代だろ」

「もうとっくに三十過ぎてますよ」

「だとしても、うちが大店なら、十年は手代を務めるもんだろう。まだまだ番頭格になる年頃じゃない。そんな若いうちから店なんか持たせて苦労を強《し》いてどうするんだよ。可哀想じゃないか」

寧《むし》ろ憤慨した様子で東次郎は言い返す。

「早く店を持って、身を固めてこそ一人前ですよ」

忠蔵は懸命に食い下がる。

「身を固める？　二人とも、まだまだ遊びたい盛りじゃないか」

「そんなこと思ってるのは旦那様くらいですよ」

「だったら、先ず忠さんが身を固めなよ」

「え？」

忠蔵は即ち絶句した。

今日こそは息の根を止めてやる、くらいの意気込みで主人の説得に臨んだが、どうやら息の根を止められるのは己のほうだったらしい。

「身を固めなきゃ一人前と言えないなら、忠さんこそ真っ先に身を固めるべきだろう。もう、いい歳なんだし」

「………」

易々と言い負かされて、忠蔵は容易く言葉を失った。

「そもそも、忠さんはなんでその歳まで独り身なの？」

「………」

「いいよ。誰にでも事情があるもんさ。だから、忠さんがその歳で独り身でも、誰もなにも、文句言ってないだろ」

だが東次郎は、とことん忠蔵を追いつめたりはしない。寧ろ、何も言えなくなった忠蔵に救いの言葉を投げかける。

「そ、それは……」

「有り難いと思ってるよ、忠さん。私とこの店のために、己の幸せはすべて諦めてくれたんだよね」

「一坊…いや、旦那様！　それは違います」

忠蔵は忽ち顔色を変えて言い募るが、

「わかってる。わかってるよ、忠さん」

東次郎に軽くあしらわれた。

「兎に角、新作の簪は毎月十五日に二十本、あとはでき次第店に出してゆく。この先も当分、これまでどおりの遣り方を変える気はないよ」

「しかし、旦那様――」

「それに、二十本くらいでちょうどいいんだよ」

「少なすぎるでしょう」

「充分だよ。現にちゃんと食べていけてるだろう」

「数を増やせば、もっと楽ができます」

「いいや、余計に儲けようなんて欲を出すと、ろくなことはない。例えば、盗っ人に入られたりね」

「………」

東次郎の言葉に、忠蔵は再び絶句した。

今度こそ、ぐうの音も出ない様子であった。

二

「終わったみたいだよ」

奥に向かって耳を澄ましていた卯之吉が、同輩の伊助を顧みて言った。

お店への勤めの年数と二人の実年齢から、一応手代の扱いは受けているが、実際にしている仕事は丁稚小僧とさほど変わらない。だが、店終い後の掃除や品物の管理といった細々とした作業を、二人は全く厭《いと》わなかった。

「今回はやけに長かったな」

品物を並べた棚を丁寧にから拭きしていた伊助は手を止めて卯之吉をふり仰ぐ。

二人は同い年の筈だが、そうは見えない。童顔の卯之吉は下手《へた》をすると十代の少年にも見えてしまうからだ。

「番頭さんもどんどんしつこくなるな」

「そりゃあそうだろう」

若い娘らから熱い眼差しを向けられるその麗靡《れいび》な双眸を少しく曇らせながら伊助は応じた。

「旦那様があんなふうじゃ、いやでも口うるさくするしかないだろ」

「でも、表稼業の小間物屋は、あくまで隠れ蓑だろ。本業は……」

「おい――」

無邪気な様子で言いかける卯之吉を鋭く制してから、

「店先で、滅多なことを口にするもんじゃねえよ」

訳知り顔に伊助は言う。

「こっちが本業に決まってんだろ。その証拠に、お頭はあっちの仕事じゃ殆ど稼いじゃいない」

「いいじゃないか。他に誰もいないんだから」

困惑顔に言い訳してから、

「でも、なんでだろうな?」

だが卯之吉はふと小首を傾げる。

「なにがだ?」

「番頭さんにガミガミ文句言われながらこんな小商い続けてるより、よっぽど儲かるんだから、いっそあっちを本業にすりゃあいいのに」

「お前、本気で言ってるのか?」

「本気だよ。番頭さんは小間物屋の儲けが薄いことを嘆いてるんだぜ。だったら、さっさと商売替えをしちまえば問題解決だろ？」

「盗っ人を本業にするなんざ、まともじゃねえな。……いつ三尺高けえ木の上に載っかることになるか……」

「伊助さんは獄門が怖いの？」

「ああ、怖いね。まともな人間なら恐れて当然だ」

苦い顔つきで伊助が言うと、卯之吉は苦笑して肩を竦《すく》め、一瞬間口を閉ざしたが、

「それを言うなら、一番まともじゃないのはやっぱり旦那様だな。毎回毎回、同じことで番頭さんに攻め立てられて、よくいやにならないもんだよ」

巧みに話題を元に戻した。

その途端、

「勿論いやになってるよ」

「旦那様！」

伊助と卯之吉は同時に声を上げた。

一体いつの間に来たのか、店の上がり框《かまち》に東次郎が立っている。最前まで卯之吉が耳を傾けていた奥座敷から二人がいる店先までは二十間《けん》近くもある。

卯之吉は、その並外れた聴力で店先にいながら東次郎と忠蔵の会話を盗み聞くことができたが、近づく東次郎の足音は全く聞き取れなかった。

「やっぱりまだ仕事してたね。忠さんに言いつけられたのかい?」

「いえ、これは俺たちが勝手にやってるだけで、番頭さんは関係ありません」

「新作を買えなかった客が、腹いせに、手当たり次第かき回していきやがったんで……」

伊助と卯之吉は交互に言い募る。

忠蔵を悪者にしたくない一心だろう。

「ったく、しょうがないね」

ため息混じりの呟きを漏らしてから、

「今日は疲れたろう。なにか美味《うま》いものでも食いに行かないか?」

東次郎は二人に向かって言う。

「え?」

「こんな刻限まで働きづめで、腹が減ったろう?」

「そりゃまあ……」

「で、でも……」

「なんだい？」

「俺たちだけですか？　番頭さんは？」

「忠さんはいいよ。私の顔見りゃ文句ばっかりで、飯が不味《まず》くなる」

東次郎はにべもなく言い放つ。

「ですが……」

「ああ、新吉《しんきち》は連れてってやろうかな」

少し前に雇った幼い丁稚のことを思い出したが、

「いや、子供はやめておくか。早く寝かさなきゃいけないからな」

すぐに思い返して首を振った。

「三人で行こう」

「は、はい」

「で、なにが食べたい？　鰻《うなぎ》か？　泥鰌《どじょう》か？」

「………」

二人は互いに顔を見合わせ、答えを躊躇《ためら》った。

番頭の忠蔵抜きで主人の誘いにのることが、矢張り後ろめたく思えるのだろう。

「それで、お前さんたちはどう思う？」

ほどよく煮えたねぎま鍋の具を器に取り分けながら、東次郎が問う。

「え？」

「新作の簪の件だよ。聞いていたんだろう？」

卯之吉の聴覚が並外れていることを、無論東次郎は承知している。

「お前たちも、数を増やしたほうがいいと思うかい？」

「それは……」

「旦那様は増やすおつもりはないのでしょう」

口籠もる卯之吉の言葉の先を引き取り、伊助が答える。

「忠さんにはそう言ったが、実際に客の相手をするのはお前さんたちだ。私はお前さんたちの意見が聞きたいんだ」

「俺たちは……」

「数を増やすことでお前さんたちの仕事が少しでも楽になるなら、考えてもいい」

「けど、数を増やせば質が落ちるんじゃないんですか？」

「そうかもしれないが、仕方ない。忠さんは金儲けしか頭にない金の亡者《もうじゃ》だ。お前さんたちの苦労なんて、少しも考えちゃいない」

「そんなことはないと思いますが……」

　遠慮がちながらも、伊助は東次郎の言葉を否定する。

「帳場でふんぞり返ってるだけの忠さんの言うことなんざ聞く気はないが、実際に客を捌《さば》いてるお前さんたちの意見なら聞くよ」

「だったら、このままで――」

「え？」

「いまのままの数がいいと思います」

「どうして？」

「数を増やせば、それを聞きつけてまた客が増えます。これ以上大人数で殺到されたらかないません」

　東次郎の問いには主に伊助が答えていた。料理をつくるのに夢中で、卯之吉は殆ど二人の話を聞いていないかもしれない。

　何を食べたいかと再三東次郎に問われ、具体的な料理名は口にせず、ただ「《かな江《え》》の料理」と口走ったのは卯之吉である。

《かな江》は、同じ町内にある居酒屋だが、卯之吉らが日頃入り浸っているような飯屋よりはやや格上で、旬の素材を使った料理はどれも高級料亭並だと評判の店だった。

「いいねえ。あの店はなんでも美味いから」

即座に賛成しつつ、

「でも、この時刻で入れるかねぇ。満席かもしれないよ。……まあ、兎に角行ってみようか」

東次郎は先に立って歩き出した。人気店であるから、早々に席は埋まってしまう。東次郎はそれを懸念したようだが、幸い席は空いていた。或いは、相手がいまをときめく《高麗屋》の主人と見て、席を作ってくれたのかもしれないが、それとて東次郎の想定内だろう。

「なるほどね」

これ以上数を増やさないでくれ、という伊助の答えに、東次郎は一旦箸を置き、納得顔で頷いた。

「忠さんは、やっぱりお前さんたちに無理を強いていたんだねえ」

「い、いいえ、決してそんなことはありません！」

伊助が慌てて言い募ったときは既に遅かった。

「だって、ただでさえ客が殺到して大変なのに、数を増やしてお前さんたちの仕事をもっと厄介にしようとしてるじゃないか。とんでもない悪番頭だ」

「そんなことはありません！」

「忠蔵さんはいい人ですッ」

卯之吉も思わず箸を止めて口走る。

「二人とも、なんでそんなに忠さんを庇うんだ？」

「だって、番頭さんはいい人ですよ、旦那様」

伊助と卯之吉は口々に言い、東次郎は忽ち顔を曇らせた。

「誰も忠さんを悪人だなんて言ってないだろう。私だって、忠さんとは三十年来のつき合いだ。悪人と二人三脚で三十年もやってこられる筈がないだろう」

「じゃあ、どうして……」

「忠さんは、人間的にはいいやつだが、商売になると別人のように汚くなる。それがいやだ」

と不機嫌に顔を背《そむ》けつつ、東次郎はまるで子供のようなことを言った。

（またか……）

伊助と卯之吉は、心中密かに嘆息を漏らす。

二人を誘った東次郎の魂胆なら、もとより彼らもわかっている。忠蔵から鬱陶《うっとう》しい小言を食らったあとは、手代を相手に番頭の悪口を言う。

そこまでが、いつものことなのだ。

だから、東次郎に誘われたときから、こうなることは想定内であった。

(困った旦那様だな)

と思うものの、何故か憎めない。

「まあ、飲みましょうや、旦那様」

「ねぎまも、冷めないうちにいただきましょう」

「刺身も頼んでいいですか?」

「あ…ああ、いいよ。なんでも好きなものをおあがり」

急に態度を変えた二人に戸惑いつつも、東次郎は猪口《ちょこ》の酒を干した。


支払いを済ませて店を出ると、急に酔いがまわった気がした。

「さあ、次は何処《どこ》へ行く?　吉原《なか》へでも繰り出す……か…い?」

景気よく問うたつもりが、その己の声も中途で途切れる。

(そんなに飲んだかな?)

東次郎は首を捻るが、

「大丈夫ですか、旦那様」

「飲み過ぎですよ」

伊助と卯之吉は口々に言い、両脇から東次郎を支えた。

「大丈夫だよ」

東次郎は彼らの腕を借り、辛うじて歩き出す。

「はて、吉原はどっちだったっけ？」

「吉原じゃないですよ。そんなに酔って、どうするんです」

「そうですよ。また番頭さんに怒られますよ」

二人は口々に言い、明後日《あさって》の方向へ歩き出そうとする東次郎の体を強引に連れ戻す。

「吉原どころか、真っ直ぐ歩けないじゃないですか」

「なに言ってんだい。私は真っ直ぐ歩いてるよ。お前さんたちが邪魔してるんじゃないか」

「ああ、暴れないでくださいよ、旦那様」

「もうすぐ店に着きますからね」

「なに、店に？」

「はい。その辻を抜けたら、すぐです」

「待っててください。裏口の戸を開けてきますから」

卯之吉が足早に駆け出すのを見て、

「なんだ」

東次郎は不意に正気に戻った。

「店はもう目と鼻の先じゃないか」

一人で東次郎を支えていた伊助の腕を振りほどくと、止めるのも聞かずに歩き出す。その足下は多少ふらついているものの、一人で歩けぬほどではない。

伊助もそれ以上手を貸そうとはしなかった。

《高麗屋》のある辻は、街の中心からはやや外れているため人気《ひとけ》はなく、辻行灯《つじあんどん》の明かりも届かない。

「うちみたいな小店じゃ盗っ人も入らないだろうが、辻行灯の一つくらいは置くべきだな。こう真っ暗じゃ……」

誰に聞かせるでもなく呟いたとき、不意に背後から袂《たもと》を捕らえられた。

「騒ぐな。騒げば殺すぞ」

耳許《みみもと》に低く囁く声音には明らかな殺気が感じとれる。だが、その声音は微《かす》かに震えていた。

「《高麗屋》の主人だな」

「…………」

「ふ、懐《ふところ》の……財布を出せ」

（強盗か）

東次郎は完全に正気を取り戻した。

時刻はおそらく亥《い》の刻過ぎ。人気のない暗い夜道ともなれば、突如凶悪犯が現れるのも珍しいことではない。市中には、食い詰めて江戸に出てきた浮浪者が溢れている。

「あ、有り金残らずよこせば、い、命まではとらねえ」

男は、震える声音で低く囁くと同時に、東次郎の脇腹にヒヤリとするものを当ててきた。果たして短刀か、匕首《あいくち》か。

（強盗は一人かな？）

東次郎は思案した。

店の前で待ち伏せしていたということは、東次郎が伊助と卯之吉の二人を連れて出かけるところも見ていたかもしれない。伊助と卯之吉は通いであるから、一緒に出かけたからといって、一緒に店に戻ってくるとは限らないが、その可能性を想定せず暴挙に及ぶのはあまりに不用心だ。

仮に、外出した主人が一人で帰宅すると踏んだとしても、一人で襲うよりは何人かで襲ったほうが確実である。そもそも、得物を手にしながらも自ら震えているような輩《やから》だ。到底一人で仕事を全うできるとは思えない。

（仲間は何人いる？）

そいつの背後には、確実に度胸も腕も劣る仲間が控えている筈だ。

（さて、どうするか）

思案しつつ、東次郎が懐の財布に触れようとすると、

「う、動くなッ」

その男は刃でグイと脇腹を突きながら恫喝した。

「動かねば財布を取り出せないが？」

という言葉は口に出さず、ただ心の中でだけ東次郎は苦笑する。

相手は素人《しろうと》ながらも刃物を手にして気が昂ぶっている。こういうのが一番厄介だ。

少しでも手許が狂えば、刃が東次郎を傷つけぬとも限らない。

「さっさと金を出さねえか」

動くなと言ったくせに、そいつは強く促してくる。

「ど、どうかお許しを……」

相手を安堵させるために、東次郎はわざと情けない声を出した。中途半端な悪党は

それで充分安堵する。

「だったら、さっさと金を出すんだよ。死にたくねえんだろ」

男の声音から忽ち震えが消え、居丈高《いたけだか》に言い放つ。

「だ、出します……いま、出しますから」

更に情けない泣き声を出しながら、東次郎は大仰に身を震わせた。相手が怯えているとわかれば、賊は更に安堵する。

安堵した賊が、完全に油断して東次郎の脇腹から刃を離した瞬間――。

素早く身を翻《ひるがえ》して賊に相対したその刹那、東次郎の袂から、数本の鍼が放たれた。

「ん……ぐぅッ」

鍼は、その男の眉間《みけん》と喉笛《のどぶえ》とに確実に刺さった。

意識をなくしてバタリと倒れた男の背後で、

「ぎゃッ」

「げぇッ」

と二つの呻き声が続く。

男の仲間は二人いた。

「日那様」

「ご無事ですか？」

次いで、男の仲間を瞬時に片付けた伊助と卯之吉が息も乱さず駆け寄ってきた。

「殺したのか？」

東次郎は低く問うた。

「いいえ」

「眠らせただけです」

卯之吉が首を振り、伊助が答える。

「なら、よかった。面倒ついでに、こいつらまとめて、番屋の前に転がして来てくれるかい？」

「承知致しました」

声を揃えて二人は答えた。

「すまないね」

「いいえ」

「しかし、物騒な世の中だとは言うものの、まさか、自分の家の前で襲われるとはね」

常と変わらぬ軽々しい口調で言い、東次郎は破顔した。たったいま、凶賊に襲われたとは到底思えぬ、童のような笑顔であった。

三

腰高障子の外から声をかけたが、返事はない。

「隆さん、いるかい？」

「入るよ」

だが、東次郎はかまわず障子を開け、中に足を踏み入れた。

中は、足の踏み場もないほど散らかっていて、夜具ものべられたままだ。独り者の居職《いじょく》の住まいとしては至極普通で、特段不思議なところはない。得体の知れない食べ物の腐臭が漂っていないだけ、まだましというものだろう。

「やれやれ、相変わらずですね」

東次郎は苦笑し、入口付近に散らばった半紙を拾いあげる。そのうちの何枚かは季節の花を描いたもの、何枚かはその花を簪にした場合の意匠を描いたものだった。

「ふうん……悪くはないが」

東次郎は思わず見入る。

「どれも二番煎じだって言いてえんだろ」

不意に声が聞こえたかと思ったら、汚れた着物を乱雑に積み重ねた下から、人の手足が現れる。

「なんだ、いたのか？」

やおら起き上がった男を見て、東次郎は僅かに眉を顰《ひそ》めた。

男は、年の頃なら三十がらみ。六尺一丁の上に白い襦袢《じゆばん》を羽織っているがほぼはだけられて、半裸の状態だ。腐臭までいっていないだけで、狭苦しい長屋の一室には饐《す》えたような男の臭いが漂っている。

東次郎にとっては不愉快極まりない臭いであった。

「そりゃあいるよ、俺のうちなんだから」

「なら、返事くらいしたらどうだ」

「返事しようがしまいが、どうせあんた、勝手に入ってくるだろう」

「…………」

「で、なんの用だよ、旦那？」

ゆっくり胡座《あぐら》をかきつつ隆は問うが、東次郎はいよいよ顔を顰《しか》めた。胡座をかいた途端に下帯が弛んで中が見えそうになっている。

「少しは身形を整えたらどうだ？ これでも私は雇い主だよ」

いますぐ香を焚きたくなる欲求を必死で堪えつつ、東次郎は開いた白檀《びゃくだん》の扇子《せんす》を口許《くちもと》に当てた。そうすると、不愉快な男臭さだけからは辛うじて身を護ることができる。

「いやだね。てめえんちで身形整えるなんざ、真っ平だ。本当なら、素っ裸でいてえくらいだ」

「………」

「気に食わねえなら、とっととけえれよ」

憎々しげに隆は言い放つ。

伸び放題の鬢《びん》に何日も髷《まげ》を整えていないため、まるで獄門首か落ち武者のような風貌だ。凄まれると、東次郎も多少気圧《けお》される。

「ったく、なんて言い草だ」

己を宥《なだ》めるように口中で舌打ちしつつ、

(朱鷺松《ときまつ》の弟子じゃなかったら、とっくに縁を切ってるぞ)

東次郎は心中深く嘆息する。

元々隆は堅気ではない。まだ年端も行かぬ時分から手先が器用なのをいいことに盗賊一味の錠前破りなどしていた。孤児であるが故に悪の道にしか生きられぬ隆が不憫であった。悪に染まりきる前になんとかできぬものかと思った東次郎は、試しに、名人・朱鷺松に引き合わせてみた。意外にも、隆は錺職人の仕事に興味を持った。そんな隆を、朱鷺松も拒まなかった。

偏屈なのは師匠譲りとしても、だらしがないのは我慢ならない。

(朱鷺松め、何故弟子をしっかり教育しなかった？　師匠が甘やかしたせいで、礼儀知らずのろくでなしになったぞ)

東次郎は大いに憤慨するが、一方では朱鷺松にとって隆が晩年の弟子であることも充分承知している。若い頃は偏屈が高じて弟子をとろうとしなかった朱鷺松も、老いてからはかなり甘くなった。或いは孫のような年齢の隆が、可愛くてならなかったのかもしれない。

「なあ、隆さん」

しばし沈黙した後東次郎は気を鎮め、隆に呼びかける。

「なんだよ」

「お前さん、いくつになった？」

「三十三のぞろ目だが、それがなにか？　旦那のとこの兄さんたちと同い年だ」

「だったら、そろそろ弟子をとったらどうだ？」

「え？」

隆は驚いて東次郎を見返した。

てっきり、

「そろそろ嫁をもらったらどうだ？」

と言われるとばかり思い込んでいたのだ。当然その際の返答は用意していた。だが、全く意想外の「弟子」については、無防備であった。

「弟子？」

それ故、鸚鵡《おうむ》返しに問い返すしかなかった。

「ああ、弟子だ」

面食らった隆の顔を悠然と見返しながら、昨夜の忠蔵の提案はさほど的外れでもなかったようだと密かに感心している。

忠蔵の進言など何処吹く風で聞き流しているように見えながら、その実ちゃんと己の中に蓄えているのだ。

「朱鷺松がお前を弟子にしたのはかなり歳をとってからだったが、そのせいで、己のすべてを伝えきることができなかった、それだけが心残りだ、と言っていた」

「師匠が？」

「ああ」

「本当に？」

「嘘を吐《つ》いてどうする。若いうちから弟子をとれば、己のすべてを伝えきることもできるだろう」

「そ…そうだな」

「師匠から受け継いだ神技を、後世に残すのは、弟子の務めだぞ」

「………」

「わかっているのか、隆？」

「わかってるよ」

隆は即答した。

「それで、肝心の弟子の候補はいるのかい？」

「え？」

東次郎は虚をつかれて戸惑った。

「弟子の候補だよ」

「候補？」

「まさか、俺に自分で捜せってんじゃねえだろうな？　そんな面倒なことは、金輪際《こんりんざい》御免被る《ごめんこうむ》ぜ」

「ま、まさか」

東次郎は慌てて言い募った。

折角相手が興味を示しているのだ。ここでしくじってはいけない。

「勿論、候補ならいるさ」

「何処の誰だよ？」

「たとえば、うちの新吉とか……」

苦しまぎれに三ヶ月前から店に入った丁稚の名を口にすると、

「新吉？　あの小僧が？」

隆は忽ち顔を顰める。

「駄目だ、駄目だ」

「どうして？　まだ十かそこらの子供だぞ。いまから仕込めば……」

「あの小僧は、安房《あわ》の漁師の小倅《こせがれ》だろう？」

「よく知ってるな」

「指が太くて短い。ああいう手をしたやつは不器用だ。錺職人は無理だな」

「ほんの数回使いに行かせただけなのに、よく見てるな」

内心舌を巻きつつ東次郎は応じる。

「商売柄、人の面《つら》より先に手に目がいっちまうのよ」

「なるほど」

「それに、あのガキは口が軽い」

「何故わかる？」

「酉《とり》の刻頃からお店の斜向《はす》かいに来る屋台の二八蕎麦《にはちそば》屋で、お店の——特に旦那と番頭の陰口をたたいてやがった。職人どころか、お店者としても失格だ。早く安房に帰したほうがいいぜ」

「年季奉公なんで、そうもいかないが、これからは厳しく躾けよう」

「駄目駄目、あんたが言ったんじゃ全然説得力ねえよ。そもそも仕事の怠け方は、あんたを見習ってるんだからな」

「…………」

東次郎は憮然として口を閉ざした。

隆の言うことがもっともすぎて、返す言葉もないのであった。

四

「ところで、人別帳《にんべつ》の続きは手に入ったのかい？」

ひとしきり雑談を終えた東次郎がそろそろ辞去しようとしたとき、不意に隆が問うてきた。

「………」

「その様子じゃ、まだみてえだな」

答えぬ東次郎の顔色から察して、納得顔に隆は頷く。

「あんたと忠さんとで血眼になって探しても見つからねえんじゃ、もうこの世には存在しねえのかもしれねえな」

「いや、人別帳の続きは存在する」

だが、確固たる口調で東次郎は断じた。

「何故言い切れるんだ？」

「前半が存在するんだ。後半もあるに決まっている」

「けど……」

「そもそも、あの人別帳を手に入れたのも、奇跡のような偶然だった。探して手に入るものじゃないということだろう」

「じゃあ、どうするつもりだよ？」

「待つしかないだろうな」

「待つ？」

「縁があれば、残りも何《いず》れ私の手に入るだろう。それまで気長に待つしかない」

「そんな悠長な……」

焦れたように隆は呟き、激しく舌打ちする。

「他の誰かの手に入っちまったら……」

「盗っ人一味の名が記された人別帳なんぞ、誰の手に入ってもいいさ」

「旦那！」

「そんなことより、お前は簪作りに心血を注いでおくれ。お前の齢《とし》なら、そろそろお前なりのものが作れるはずだ」

一向顔色を変えずに東次郎は言い、隆は一層気色ばむ。

「なんだよ、それ」

「大声を出すな。隣近所に筒抜けだぞ」

東次郎がチラッと眉を顰めても、

「俺が、曲がりなりにもいま堅気の暮らしができてるのは師匠と旦那のおかげだ。その恩に報いるのが人の道ってもんだろうが」

隆はかまわず声を荒げた。

「そう思うなら、せいぜい稼業に身を入れろと言っている」

「そんなの、言われなくても、やってらあ」

「なら、それでいい」

「よかねえよ。俺は、あんたらの心意気に感じて協力してんだぜ。今更、なんで突き放すようなこと言うんだよ」

「お前が真っ正直すぎるからだ」

「どういう意味だよ！」

「言葉どおりの意味だ」

強い語調で東次郎は言い、隆は少しく気圧された。いつもの摑みどころのないふわりとした雰囲気ではなく、珍しく、隆の目を真っ直ぐ見据えていたためだ。

「お前は勘違いしている」

「な、なにがだよ」

「私たちのしていることを、正義の行いだとでも思っているのではないか？」

「ち、違うのかよ？」

「違うな」

「なんでだよ！　悪党が盗んだものを盗み返してやってるんじゃねえか」

「相手が誰であれ、盗んでいることに変わりはない。我らも立派な悪党だ。寧ろ、悪党の上前《うわまえ》を掠《かす》めているぶん、タチが悪い」

「…………」

「それを自覚できないなら、今後お前さんには用を頼めないね」

「旦那……」

　隆は絶句して東次郎を見返した。

「私たちがしてることは、悪だ」

「けど、旦那は盗んだ金を、元の持ち主に返してるじゃないか」

「ちゃんと手数料はもらってる」

「そんなの、ほんの端金《はしたがね》じゃないか！」

「端金だろうと、金は金だ」

　言って、東次郎は漸《ようや》く上がり框から重い腰をあげた。

「お前は、一見だらしなく見えるが、酒も過ごさず、派手な女遊びもしない。まして賭け事などは——」

「な、なんだよ、藪から棒に——」

「職人の鑑《かがみ》だと言ってるんだよ」

「…………」

「だからこそ、安心して裏の用事も頼むことができる」

「え？」

「間違っても、岡場所の女などに入れあげて、道を踏み外すなよ」

「元々女は好きじゃねえよ」

「なら、男はどうだ？」

真顔で問い返し、戸惑う隆の顔をしばし熟視してから、

「来月の新作、花は桔梗《ききょう》がいいな」

言いおいて、東次郎は即ち隆に背を向けた。

「おい、あんたが決めんのかよ」

「たまにはいいだろう」

「…………」

隆が不承不承《ふしようぶしよう》頷いたのを確かめ、東次郎は部屋を出た。

案の定、東次郎の訪問を察した長屋のおかみさん連中が木戸口付近に屯《たむろ》していた。

「これは、《高麗屋》の旦那様」

「こんなむさ苦しいところへ、よくおいでくださいました」

瀟洒《しようしや》な白絣《しろがすり》に羽織姿の東次郎を見ると忽ち愛想笑いを浮かべるが、

「いえいえ、日頃うちの職人がお世話になりまして。今後とも、よろしくお願いいたします」

東次郎は辞を低くして挨拶し、にこやかに一同を見返した。

五

「あとで奥に来てくれ、忠さん」

店に戻ると、帳場にいた忠蔵の耳許に東次郎は囁いた。

「承《うけたまわ》りました」

東次郎の外出を咎めもせず忠蔵が素直に頷いたのは、話の内容にある程度予想がついたためだろう。店終い前でありながら、あとの始末を伊助と卯之吉の二人に任せると、忠蔵は東次郎の住まう店奥に向かった。

奥の間は主人の居間となっているが、その床の間の掛け軸を捲《まく》れば、即ち隠し部屋が現れる。壁に、ちょっとした仕掛けが施されていて、それを知らぬ者にとってはどこから見ても、塗り込められたただの壁だ。それ故、万一仕掛けを知らぬ者が掛け軸を捲っても、勝手に入り込まれる虞はない。

東次郎が忠蔵に向かって言った「奥」とは、その隠し部屋のことにほかならなかった。

仕掛けを押して壁を回転させ、中に入る。

「わざわざ旦那様から呼びつけるなんて、何事です?」

大柄な体をやや屈めつつ入ってくるなり、忠蔵は問うた。

「『偸盗《ちゆうとう》人別帳』の続きは、手に入りそうか?」

真っ直ぐ忠蔵を見つめて問うと、忠蔵は無言で首を振る。

しばし無言で首を捻ってから、

「あれは、手に入れようと思って手に入るもんじゃありませんよ。そもそも、前半が手に入ったのも、奇跡みたいなもんなんですから」

東次郎が隆に対して述べたのとほぼ同じ言葉を忠蔵は発した。

「そうだよな」

当然東次郎は同意する。

「なんですか、一体。わざわざ呼びつけて、なんの冗談ですよ」

「いや、今日隆に聞かれたもんでね」

東次郎があっさり白状すると、

「隆の野郎が？」

忠蔵は忽ち顔色を変えた。

「あの野郎、本業に身を入れるどころか、余計なことにばっかり気をまわしやがって……一つ、灸を据えてやらなきゃいけねえな」

「やめてくれ、忠さん」

東次郎は慌てて言い募る。

「隆はしっかりやってくれてるよ。遊びたい盛りだろうに、馴染みの女一人つくってない。朱鷺松の教えもしっかり守ってる」

「だったら、なんで――」

「ただ、少しでも私たちの役に立ちたいという思いが強すぎて、つい口出ししたくなるんだろう。前身《まえ》が前身だしな」

「…………」

もとより忠蔵も、東次郎の言葉の意味はわかる。錠前破り時代の罪滅ぼしがしたい、というその気持ちも理解しているつもりだった。

「だったら、隆の頭から邪念を払って、稼業に集中させなきゃならないと思わないか？」

「そりゃあ、もう――」

「そこで、忠さんの提案だ」

「私の提案？」

「忠さん言ってたろう、隆に弟子をとらせたらどうかって――」

「そ、そりゃあ、言いましたけど……」

そのときは、主人に歯牙にもかけてもらえなかった提案を今更持ち出されて、忠蔵は些《いささ》か複雑な表情を見せた。果たして、歓んでいいのか、将又《はたまた》怒るべきなのか。

「隆に、弟子をとらせよう」

「え？」

結局、歓ぶことも怒ることもできず、忠蔵は戸惑うばかりであった。

「本人も、納得した」

「隆が、納得したんですか！」

忠蔵は再び驚きの表情を見せる。

「ああ、納得した」

ゆっくりと頷いてから、東次郎は悠然と言葉を継いだ。

「あいつが朱鷺松の弟子になったのは十八の齢だ。当時朱鷺松は既に七十近かった。直接教われたのは十年足らずだ。職人が一人前に育つのに、最低でも十年はかかる。隆には天性の才があったのだろうが、名匠朱鷺松の技のすべてを伝授されたかどうかは、わからない。そうだろう?」

「ええ」

忠蔵は仕方なく同意する。

「だが、いまの隆の齢で弟子をとれば、しっかり教えられるってもんじゃないか」

「そうですね」

「忠さんには、心当たりがあるんだろう?」

「え?」

「弟子の心当たりだよ」

「弟子の心当たり、ですか?」

忠蔵は困惑し、鸚鵡返しに問い返す。

「隆に弟子をとらせたらどうかって言い出したのは、忠さんだ。当然、心当たりがあってのことだよね？」

「…………」

忠蔵は絶句した。

どうやら罠にかけられたようだと察したときには既に詰んでいる。忠蔵は久しぶりに東次郎のその鮮やかな詐術《さじゅつ》の手並みを見せつけられた気がした。

「私に、隆の弟子候補をさがせとの仰せでございますか、旦那様」

「勿論私もさがすさ」

事も無げに東次郎は言う。

東次郎の狡猾なところだ。決して一方的にことを丸投げしようとはしない。東次郎にそう言われれば、忠蔵とて納得せぬわけにはいかなかった。

「名匠・朱鷺松の神技を伝える者だ。相応に才ある子供を見つけなければ」

「…………」

「試しにうちの新吉はどうかと訊いてみたら、『才能がない』と、にべもなく断られた」

「子供なら誰でもいいというわけではありますまい」

「確かに、そのとおりなんだ」

素直に認める東次郎の言葉にも、忠蔵は激しい反感を抱いた。

そもそも、全く乗り気でなかったくせに、何故突然それが浮上し、目先の計画として走り出したのか。

そんな忠蔵の心中を易々と察したのだろう。

「弟子をとれば、責任が生じる」

静かな口調で東次郎は言った。

「弟子入りしてはじめの数年は、身のまわりの世話をさせながら基本的なことを教えるのだろうが、教えるほうにとっても教えられるほうにとっても、最も大切な時期になる筈だよ」

「そうでしょうね」

忠蔵は仕方なく相槌を打つ。

「となると、隆は、毎月の決まった仕事をこなしつつ、弟子にも気を遣うことになる。余計なことに関わっている暇はなくなる」

「あ！」

という驚きの声を、心の中でだけ忠蔵は発した。

「旦那様は、隆を裏稼業から遠ざけたいのですね？」

「折角《せっかく》足を洗わせたのに、いつまでも裏稼業に関わらせてたんじゃ、意味がないだろう」

「確かに」

「あの錠前破りの腕は、ちょっと惜しい気もするがな」

「旦那様！」

「冗談だよ」

東次郎は苦笑した。

「だけど、そうなると、今後は忠さんの負担がいまより重くなるだろうな」

「え？」

「ほら、なんて言ったっけ、忠さんの幼馴染みの……あの、火盗の与力……佐々岡《ささおか》さんだっけ？」

「佐々岡蔵人《くらんど》です」

「そうそう、その佐々岡さんを通じて、火盗の情報を、ガンガン仕入れてもらわないと」

「佐々岡の顔は、本当はあんまり見たくないんですがね」

「なんで？　古い友人なんだろ？」

「だからですよ。いちいち会う度に昔話をするのが鬱陶しい」

「なるほど、忠さんにも苦手《にがて》があるんだね」

東次郎が破顔すると、

「当たり前でしょう」

忠蔵は渋い顔で言い返した。

言いたいことは、まだまだあるが、明らかに我慢している顔つきであった。

第二章 十二宝簪《じゅうにほうしん》

一

その刹那、季節はずれの南風が吹いた。

それとともに、甘い花の香が鼻先を掠《かす》めてゆく——。

無論錯覚だろう。既に季節は晩秋。南風が吹く筈はなく、花の香などどこにも漂ってはいない。

だが、その女とすれ違った瞬間、確かに東次郎はそう感じた。ほんの束の間、ふわりとした生温かい感触を確かに感じたし、甘い香りも嗅いだ。

(これは……)

女が東次郎の脇をすり抜けた、ほんの一刹那のことである。

咄嗟に視線を落として確認した女の顔は、人目を惹くほどの美貌ではないが、輪郭のはっきりした、印象深い顔立ちであった。年の頃は三十がらみ。

だが、東次郎が咄嗟に目を留めたのは、その女の相貌ではない。

（あの 簪《かんざし》……）

やや大きめの丸髷《まるまげ》の根元に挿された銹簪《かざり》であった。

（藤《ふじ》か？）

東次郎は無意識に首を捻った。

第一に、季節が違う。

それに、通常藤の花を象《かたど》った銹簪であれば、たわわに枝垂《しだ》れる藤の花房に似せて、文字どおり、歩けば揺れるびらびら簪にするべきところ、その簪は違っていた。

藤の花を細かく細工して、派手にならぬ程度のくし形に仕上げている。それ故、もう若いとはいえぬ女の髪に挿されていても、まるで違和感がない。

（いまどき、あんな奥床しい意匠を凝らせる職人がいるのか）

目を惹かれるとともに、東次郎は内心舌を巻いた。

藤の花の、枝垂れるさまではなく、細やかな一つ一つの花のさまをギュッと凝縮して表現しているため、一見藤とはわかりにくい。

それでいながら、凝縮された小さな花々は、確かに藤に相違ない。藤の花が、まるで桜かと錯覚するような、奇跡の妙技だ。

（いや、あれは間違いなく、朱鷺松の細工だ）

確信して足を止め、振り向いたときには、残念ながらその女は既に東次郎の視界から消えている。

（しかも、『藤桜《ふじざくら》』だ）

確信とともに、東次郎はしばしその女の去ったあとへ視線を投げていた。いまなら、走れば充分追いつけるだろう。

しかし、ここで軽々しい行動がとれるほど、東次郎も迂闊《うかつ》な性分ではない。

（だが何故？）

疑問とともに、東次郎は女の姿を、懸命に脳裡で反芻した。

女の纏った藍《あい》色の縞縮緬《しまちりめん》はかなり着古されていたが、元はそれなりに上質のものだろう。丸髷を大きめに結うのは、髪結いが敢えてそうしているのだ。己で整えるのであれば寧《むし》ろ小さめに結う。つまり、常に他人に髪を結ってもらえる立場と地位のある女。そのくせ、その髪を飾る装飾品も、件《くだん》の銹簪の他は、前髪の根に柘植《つげ》の櫛《くし》を挿しただけだ。

総じて、奢侈《しゃし》を禁じるお上の目を憚《はばか》った服装であった。

(蓋《けだ》し、大店の御新造といったところだな)

と東次郎は判断した。

大店富商の妻女たちは、常々お上に目を付けられてはいけないと心がけ、外出の際には一際質素に装う。

株仲間の解散令が出されて以来、かつて利益を独占していた株仲間への風当たりは強い。お上の目も光っているいま、殊更殊勝に振る舞う必要があった。

(それも、相当な大店だな)

東次郎は確信すると、漸《ようや》く女の消えたあとを追った。

幸い、すれ違ったのは両国橋《りょうごくばし》の袂《たもと》だった。ときは申《さる》の刻過ぎ。この時刻にここを通るのであれば、これから何処かに出かけるのではなく帰宅する筈だ。

ならば、日本橋界隈で大店の建ち並ぶ町に見当をつけ、片っ端から捜してみるしかない。無駄足になるかもしれないが、どうせなんの目的もないそぞろ歩きの閑人《ひまじん》だ。

人混みの中を足早に進んでいると、やがて目指す女の背中を視界にとらえた。しかし、とらえただけで追いつきはせず、一定の距離をとって歩く。

東次郎の特技の一つであった。一度見た女の姿は、どんな人混みの中でも決して見失わない。

女のあとを尾行《つ》けること半刻。

（もっとも、店と住まいが別々の場合は、真っ直ぐ店に戻るとは限らないんだが）

髷を結わず長く垂らして宗匠頭巾《そうしょうずきん》を被《かぶ》り、黒っぽい軽衫《かるさん》に袖無《そでな》し羽織《はおり》といういでたちであるため、いまの東次郎は一見してお店の主人には見えない。見るからに頼りなさそうな風流人、といった風情だ。そんな恰好をしていると、万一妙な場所へ紛れ込んでしまったとしても、

「花の香に誘われてついうっかり……」

とでも言い訳すれば許される。勿論、許されない場合のほうが圧倒的に多いが。

女のあとをつけながら、仮にあの簪が己の知るものと同一の品であったとして、一体どうするつもりなのかを、東次郎は漠然と思案した。

（何処《どこ》で手に入れたか、女を問い詰めるか？）

女を相手に手荒な真似をしたくない。

だが、女が答えを渋った場合、果たして温和《おとな》しく引き下がることができようか。

（ならば、少々手間はかかるが、女を誑《たら》し込んで、自ら口を割るよう仕向けるか？）

それならば、手荒な真似はせずにすみそうだが、些か手間も暇もかかりすぎるので

はないか。

そんなことをぼんやり考えていると、やがて女は一軒の店の門口へと呑まれていった。

(ここか)

日本橋通《とおりみなみ》南三丁目の表通りに面した箔屋町《はくやちょう》の一角。間口は広く、奥行きもある。睨んだとおり、かなりの大店だ。

店の前を、丁稚が三人も掃き掃除しているのは、奉公人の数が多い証拠だ。が、店の周辺にそれほどの人出は見られない。

屋号は《多嶋屋《たじまや》》。

(紙問屋か)

店にそれほど人出が見られないのは、扱う品物の性質上、大口の取引が多くなるためだ。店先で十枚二十枚と求めてゆくような小口の客は、わざわざ問屋まで買いに来ることはしない。町内に一軒や二軒は小さな個人の紙屋がある。

(表の掃除など、殆《ほとん》ど遊びのようなものだ。大抵一人で事足りる。それを、三人も遊ばせておけるとは、余裕のある証拠だな)

扇子《せんす》で顔の半分を隠しつつ、東次郎は通りの反対側から注意深く店を観察した。

東次郎が察したとおり、三人の丁稚は、一応竹箒《たけぼうき》で店先を掃くそぶりをしているが、実際には私語を交わし、巫山戯《ふざけ》あっている。傍目《はため》には子供らが陽気に笑いあっているなど微笑《ほほえ》ましい光景だ。

それ故番頭も手代も、店の大人たちは誰も注意などしない。丁稚たちの多少の怠惰など、歯牙にもかける必要がないのだ。

（店に出てる番頭や手代の身形《みなり》もいい。相当余裕があるな）

ということを確信したところで、東次郎は《多嶋屋》の店舗に背を向けた。

あとは、《多嶋屋》についてより多くを知る者たちに話を聞くのが得策というものだろう。

「それで、昨日から今日にかけて二日がかりで、その女が《多嶋屋》の後妻だと調べあげたわけですか」

忠蔵は当然呆れ声を出し、厳しい目つきで東次郎を睨んだ。

「朱鷺松の『藤桜』を髪に挿した女だぞ。調べるのは当然だろう」

だが東次郎は一向悪びれず、寧ろ手柄顔で忠蔵に告げる。

「『藤桜』って、あの『十二宝簪《じゆうにほうしん》』の『藤桜』ですか?」

忠蔵は忽《たちま》ち顔色を変え、問い返してくると予想したのに、残念ながらそうはならなかった。

忠蔵は顔色も変えなければ目を剝いて問い返すこともせず、依然として厳しい目を東次郎に向けている。

(聞こえてないのかな?)

東次郎は一瞬間疑った。

「昨日私は、『藤桜』を挿した女を街中で見かけたんだ」

それ故、もう一度同じ言葉を口にしてみた。

「よく聞こえてますよ」

東次郎の心中を易々と察して忠蔵は答える。今日は東次郎のほうが少しく興奮気味な分、忠蔵はいたって冷静だった。

「ですが、それが一体なんだって言うんです?」

「なんだってって、それは……」

東次郎が忽ち困惑すると、

「あり得ませんね」

忠蔵は断言した。

「あり得ない、ってどういう意味だよ?」

東次郎はさすがに表情を険しくする。

「こっちが聞きたいですね。一体なんの冗談なんですか、旦那様」

更に強い口調で忠蔵は言い、東次郎を鋭く見返した。断固たる意志を示す視線だ。

だが、

「冗談じゃない」

東次郎とて、それで怯《ひる》むつもりは毛頭ない。

「あのとき、賊どもは『十二宝簪』をそっくり奪い去った。ひと目見て、至宝の品だと察したからだ。……その中の一つが、いま私の目の前に現れた。そんな笑えない冗談を、私が言うと思うのか?」

「いい加減にしてください」

だが東次郎の問いには答えず、忠蔵も負けずに主張する。

「三十年も前の、ガキの頃の記憶でしょう。そんなの、あてになりますか?」

「………」

「世迷い言はやめましょうよ」

「本当に、世迷い言だと思うのか?」

東次郎の問いに、だが忠蔵は答えなかった。東次郎の表情は険しさを増し、常の彼とは声色口調までが変わっている。

「たかが十かそこらのガキでも、しっかり覚えてることはある。あの夜のことは、この三十年片時も忘れたことはない」

「……………」

「あの簪が『藤桜』だという確証を得るまで、私は絶対に諦めないよ」

「だからって、女のあとを尾行けて、《多嶋屋》のことをあれこれ聞き回るなんて、正気の沙汰じゃありませんよ」

「なにが悪い？」

むきになって東次郎は問い返す。

「危ういんですよ、旦那様は。女を追いかけたのは仕方ないとしても、《多嶋屋》の内儀《おかみ》だとわかった時点で、帰ってくりゃよかったでしょ。《多嶋屋》を調べるのは改めて後日にするべきだった。違いますか？」

「……………」

「もし、旦那様の言うとおり、その簪が『藤桜』だとすれば、何故《多嶋屋》の後妻がそれを所持してるのか。《多嶋屋》が、あの夜の盗賊と関わりがあるかもしれないと考えるのは当然です。……そんな《多嶋屋》のことをこそこそ調べまわるのは、時期尚早だったんじゃないんですかね？」

忠蔵の顔つき口調もまた、一層厳しさを増す。

「もし《多嶋屋》が盗賊あがりの悪党なら、旦那様なんか、簡単に消されちまいますよ」

「そ、そんな……目立つような調べ方はしちゃいないよ。あんまり見損なわないでくれ」

東次郎は懸命に言い募ったが、咄嗟に忠蔵から視線を外したのは、痛いところを衝かれた証左かもしれない。

「どうだかね」

忠蔵の口調はどこまでも厳しく、そして横柄だ。

東次郎が簪の話をはじめたときから、彼の態度は終始一貫して不機嫌だが、その理由が東次郎にはわからなかった。

生業《なりわい》には一向関心がなく、それ以外にばかり没頭する東次郎の悪癖はいまにはじまったことではない。なのに何故、今日に限ってはこうも厳しく東次郎を非難するのか。

しかも、『藤桜』が見つかったと知れば、東次郎以上に色めきだつとばかり思っていたのに。

(よほど、虫の居所が悪かったのかな)

思うともなく思ったとき、

「それで、《多嶋屋》の内儀の簪が、本当に旦那様の言う『藤桜』だったとして、旦那様は一体どうするおつもりなんです」

ふと口調を変えて忠蔵が問うた。

「え?」

「《多嶋屋》のことを調べあげて、敵《かたき》の一味だとわかったら、仇討《あだう》ちでもなさるおつもりですか?」

「それは……」

東次郎は答えを躊躇《ためら》った。

別に虚を衝かれたわけではなく、当然予想されるべき問いである筈なのに、何故か東次郎はそのことを考えていなかった。

(仇討ち?)

自らの心に反芻したとき、不思議な気がした。

これまで一度として、仇討ちを思わなかったかといえば嘘になる。忠蔵に言ったとおり、この三十年のあいだ、あの夜のことを片時も忘れたことはなかった。賊に持ち去られた『藤桜』が見つかったのは、即ち、この三十年全くなんの手がかりもなかった敵への道筋が開かれたということに相違ない。

だとすれば、忠蔵の問いに、

「勿論、仇討ちをするつもりだ」

と答えればよいものを、何故か躊躇われた。

「この際言っときますけど、私は反対ですからね」

「え?」

東次郎にとっては意想外な忠蔵の言葉が続く。

「仇討ちですよ」

「何故?」

「裏稼業をはじめる前なら、考えなくもなかった。私だって、旦那様の親御さんたちには世話になってましたしね」

「だったら――」

「そもそも裏稼業をはじめると決めたとき、一切の私情は捨てると誓った筈ですよ、旦那様」

「それはそうだが、そうは言っても、敵は敵だろう」

「私たちにとっては、すべての盗っ人が、敵でしょう」

「え？」

「あのとき、そう決めたでしょう。……盗っ人にすべてを奪われたのは旦那様だけじゃない。伊助も卯之吉も同じだ。だからこそ、私怨を捨てて、この世からすべての敵を排除しようと決めたんじゃないですか」

「そのすべての敵の中には、自分の敵だっている。自分の敵は排除しちゃいけないのか？」

「私情が混じれば、それだけ目が曇る。俺たちの仕事には、僅かの齟齬《そご》も許されねえ。相手は町方も火盗も手を焼く悪党どもですからね。……旦那様もこの前言ったでしょう。『余計な仕事が増えるのは困る』って」

「………」

「私情が混じることで齟齬が生じれば、余計な仕事が増えるどころじゃすまなくなります」

忠蔵は再び断言した。

「旦那様と私の二人でやってることなら、それでもいいでしょう。旦那様となら、死なばもろともです。ですが、伊助と卯之吉を巻き込むわけにはいかないでしょう」

「…………」

「そもそも私怨をはらすのは、《唐狐》の本分じゃない」

決定的な一言であった。

「それでもやるってんなら、旦那様と私の二人でやりましょう。但し、《唐狐》もそれで終《しま》いだ」

東次郎は最早《もはや》一言も言い返すことができなかった。

二

「ちょっと来てくれないか」

卯の刻過ぎ、唐突に長屋を訪れた東次郎に、半ば拉致同然に部屋から引っ張り出された。

「なんだよ、こんな時刻に――」

寝惚《ねぼ》け眼の隆に無理矢理着物を着せて連れ出すまで、さほどのときはかからなかった。小柄な優男《やさおとこ》のくせに、いざとなると、かなり力がある。十歳近く若い隆が、本気の東次郎には全く抗《あらが》えなかった。

「ったく、なんなんだよぉ」

隆は当然不満を口にする。

「昨夜も遅くまで、意匠を考えてたんだぜ」

「簪はまだいい」

「よくねえよ。そろそろ意匠を決めなきゃ、来月の十五日に間に合わねえだろ」

「間に合わなきゃ、ひと月遅らせればいい。たまにはそんなことがあってもいいだろ」

「そうはいかねえだろ」

「いいから来てくれ」

東次郎は嫌がる隆の手をとって、強引に引っ立てた。東次郎より背の高い隆を易々と随《したが》わせるにはちょっとしたコツがある。東次郎には柔術の心得があった。技がきまれば、隆は到底抗えない。

「わかったよ、旦那。行けばいいんだろ。……行くから手、離してくれよ」

「………」

東次郎は仕方なく手を離した。

「ったく、見かけによらず、馬鹿力だな。痛ぇよ」

「すまない」

「ったく、職人の手をなんだと思ってんだよ」

渋々東次郎について行きながら、隆は呟く。

「で、一体何処に行くんだよ？」

「お前に見てもらいたいものがある」

だが東次郎は行く先を言わず、ただ短く告げた。

常日頃の無意味な多弁とは裏腹、必要なこと以外、無駄口はきかない。

（今日の旦那は別人みてえだな）

内心不審がりつつも、隆は東次郎に従った。何故か別人のような東次郎に逆らうと、ろくなことにならない。隆は漠然とそんなことを感じていた。

両国橋も日本橋通り界隈も、早朝から大層な人出であった。

やがて東次郎は幾つ目かの辻で足を止め、そこからよく見えるお店の門口に視線を向けた。

「あの店に用があるのか？」

「少し黙っててくれ」

東次郎は厳しく命じる。

東次郎は、既に何度か《多嶋屋》を訪れ、内儀の動向を探っていた。数日通うと、彼女の一日の行動はほぼ把握できた。

女は、ほぼ一日おきくらいに、お得意先への挨拶回りに出かける。多いときでも日に、三～四軒。ときによっては座敷に通されて何刻も話し込むため、一、二軒しか立ち寄れぬ日もあった。

東次郎の見込みに間違いがなければ、今日は出かける日な筈だ。店の斜向《はす》かいにある辻で待つこと半刻。

「おい、旦那？」

「しっ！　騒ぐな」

東次郎は低声で隆を叱責した。

ちょうどそのとき、浅葱《あさぎ》色の暖簾《のれん》を跳ね上げ、目的の女が路上に姿を見せたのだ。

「あの女か？」

「ん……」

女が、東次郎の予想した方向へと歩き出すのを待ってから、

「これから路地を通って、二つ先の辻に先回りする。そこでお前は、女の髪に挿され

ている簪を確認してほしい」

と早口に指示を発した。

「簪を？」

「古い、錺簪だ」

という東次郎の言葉で、隆は瞬時に納得したようだ。東次郎が指示した路地を、自ら足早に進み出す。

「本当に見るだけでいいんだな？」

「ああ、見るだけでいい」

隆の問いの意味を瞬時に察し、東次郎は苦笑した。手先の器用な隆は、かつて錠前破りだけでなく、掏摸《すり》も生業としていた。女の髪から簪を抜き取るなど、いまでも朝飯前だろう。その自信があるから、隆は一応東次郎に念を押したのだ。

「わかった。女は、あの縞縮緬の年増で間違いないんだな？」

「そうだ」

路地の出口に到ったところで、東次郎は頷いた。目的の辻は目の前だ。

「来たぞ」

折しも東次郎の言う縞縮緬の女が、最初の辻に迫るところだ。

「ああ」

頷くと同時に、隆は歩を踏み出した。その女のすぐ脇をすり抜けるためにほかならない。時刻は既に辰《たつ》の刻近く、路上の人波は増える一方だ。

巧くすれ違うためには、少し先んじて待ち伏せることだ。

やや俯《うつむ》き加減に目を伏せて、そのとき隆は足を止めた。腕組みをして、なにか考え事でもしている風情だ。歩いていて、ふとなにかに思い当たることはよくある。隆はおそらくそんな小芝居をうったのだろう。人波の中にあっては、その程度の小芝居など忽ち呑み込まれ、誰も気にとめない。

「…………」

何も知らぬ女が己の脇をすれ違っていく一刹那、隆の目はまるで獲物を狙う猟鷹のようだったが、それに気づいたのは無論東次郎だけである。次の瞬間、隆もすぐに歩を進めていた。

そのとき、隆の両頬は心なしか紅潮したように見えた。

やがて東次郎の待つところまで戻ってきた隆は、その耳許《みみもと》に、低く短く囁いた。

「間違いねぇ」

「…………」

東次郎は答えず、その先の隆の言葉を待った。

「あれは師匠の作だ」

「間違いないか？」

との東次郎の問いに、

「ああ、間違いない」

隆は深く頷いた。

「本当に、朱鷺松の作なんだな？」

「くどいぞ。俺が師匠の作を見間違うと思うか？」

「だが、随分古びている。おそらくお前が生まれる前の作だ」

「いつ作られたかなんて、関係ねえ。師匠の簪は、どんなに古くなってもちゃんと生きてる」

「どういう意味だ？」

「あんただって、わかってんだろ、旦那。師匠の作を、一番多く見てきたろうからな」

「…………」

「だからこそ、俺に見せたんだろ？」

再度問われても、東次郎には答えられなかった。

「わかってるだろうが、あの簪は、銀《ぎん》と錫《すず》で作られてる。手入れを怠れば古びて見えるが、丹念に磨けばすぐに輝きを取り戻すんだ。それをあの女、ろくに手入れもしねえで……」

隆の口調が、次第に怒りを帯びてゆく。

「お、おい、隆――」

「あんたがどういうつもりであの簪を俺に見せたのかしらねえが、正直気分悪いぜ」

「……………」

「あの女は師匠の簪を持つのに相応《ふさわ》しくねえ。絶対取り返してやる」

「お、おい、待て、隆――」

東次郎は慌てた。

そんなつもりで隆に簪を見せたわけではない。

「こういうご時世だ。真新しい簪を挿して歩けば人目につく。わざと汚して古いものだと強調してるのかもしれない」

「そんなこと言ってたら、あんたのお店だって御禁令違反じゃねえか」

「うちのは殆どが子供の玩具同然の安物だ。贅沢《ぜいたく》品じゃない」

「言ってくれるじゃねえか。その玩具作ってる職人の前でよ」

「怒るな。御禁令なんて、どうせ長くは続かない」

「なんでそんなことわかるんだよ」

「いつもそうだからだよ。……贅沢品を禁止して庶民の暮らしを締め上げたところで、なんの効果もない。寧ろ、商家の商いが滞《とどこお》れば、世の中は貧しくなる一方だ。侍連中にはそれがわかってない」

　というような会話は、もとより低く声を落として囁き交わされている。誰が聞いているかもわからない外で、人に聞こえる声で喋る内容ではないと、二人とも、頭ではなく体で理解していた。

「何《いず》れ御禁令はとける。そのときは、お前にも存分に腕をふるってもらう」

「それを言いたくて、俺に師匠の簪を見せたのか？」

　真っ直ぐな目で問われると、東次郎は内心密かにたじろいだ。

「それは……」

　東次郎はしばし口籠もり、

「わ、わかってもらえたなら、それでいい」

　すぐに、とり繕った。

隆を、なるべく裏稼業から遠ざけて生業に専念させようと決めた矢先に、危ういものを見せてしまった。その悔恨は流石《さすが》に東次郎を嘖《さいな》んだ。

「私怨をはらすのは、《唐狐》の本分じゃありません」

忠蔵の言葉が、波の如く胸に寄せ返していた。

三

一月、『福寿《ふくじゅ》』。二月、『梅椿《うめつばき》』。三月、『蓮華《れんげ》』。

そして、四月の簪が、《多嶋屋》の後妻が挿していた『藤桜』だ。

（十二の簪のすべてを克明に覚えてるわけじゃないが……）

『藤桜』の簪は、母がとりわけ好んで挿していたためか、東次郎もよく覚えていた。たまたま見かけたのが『藤桜』でなければ、ひと目で見分けられたかどうか、自信はない。

（だが、お誂《あつら》えに『藤桜』が来た。すべては天の配剤。神仏の思し召しだ）

確信を得たところへ、忠蔵が入ってきた。

「旦那様ッ」

それも、血相を変えて隠し部屋に飛び込んできたのだ。

「どういうつもりです」

だが、忠蔵の怒った顔など特段珍しくもないので一向平気である。

だから東次郎は返事をせず、一心に手許の香炉に見入っていた。お気に入りの青磁《せいじ》のもので、南宋《なんそう》時代の龍泉窯《りゅうせんよう》の産だという触れ込みだが、骨董屋の言葉を鵜呑みにしているわけでもない。

（どうせ贋物だ）

ということくらい、はじめからお見通しではあったが、それでもよかった。

そもそも東次郎にとっては、己の気に入るか気に入らないか、だけがあり、本物か贋物かは、たいした問題ではない。とまれその細かい罅《ひび》入りの青磁の香炉は、東次郎の一番のお気に入りであった。

お気に入りのものは、即ち彼にとって本物なのだ。

「旦那様ッ」

「なんだい。馬鹿でかい声を出さなくたって、聞いてるよ」

「隆の野郎にあの簪を見せるなんて、一体なにを考えてるんです」

「…………」

「裏稼業から遠ざけて、生業に専念させるつもりじゃなかったんですか」

「そのつもりだよ」

「じゃあ、なんで！」

「ただ見せただけだ。別にいいだろ、見せるくらい」

「ただ見せただけじゃないでしょう。朱鷺松の手になるものかどうかを、確認させたんでしょうが」

「わかってんなら、それでいいだろ。それより、伊助か卯之吉に私のあとを尾行《つ》けさせるとは感心しないね」

「…………」

図星を指された忠蔵は忽ち言葉に詰まる。

「番頭が主人の動向を探らせるなんて、言いつけられたほうは、何事かと思うじゃないか。可哀想に、今頃、二人ともすごく悩んでいるかもしれない」

「それは……」

鋭い指摘に、忠蔵は困惑した。剛直な男だけに、卑怯な真似をした、という負い目を人一倍感じるのだろう。最前までの勢いはすっかり鳴りを潜めている。

それでついいい気になり、東次郎は更に追い打ちをかけた。完全に、蛇足であった。

「不和の元になったらどうするつもりだい？」

「もしそうなったら、旦那様のせいですよ」

「え？」

不貞腐《ふてくさ》れた口調で言い返され、東次郎は焦った。

「仇討ちをするなら、《唐狐》は終いにすると言った筈ですよ」

「別に、仇討ちをするとは言ってないだろ」

「じゃあ、なんで調べるんです？」

「調べるくらい、別にいいだろ」

開き直って答える東次郎を、

「調べるだけですか？」

忠蔵は執拗に追及する。

「調べるだけだよ」

「本当に、調べるだけですか？」

「しつこいな。調べるだけと言ったら、調べるだけだよ」

「仇討ちは？」

「仇討ちをするかしないか、調べてみなきゃ、わからないよ」

「調べてみて、なにがわかるんです?」

「敵が、手強《てごわ》いかどうかだよ」

「手強いようなら、どうするんです?」

「仇討ちはやめるよ」

「じゃあ、弱そうだったら仇討ちするってことですか?」

「悪いか?」

更に開き直って東次郎は問い返した。

ここまでくると、最早子供の喧嘩でしかない。これ以上言い返してもきりがない、と察したのだろう。

「………」

忠蔵は無言で東次郎を見返した。

内心呆れ返っているに違いないが、それは東次郎とて同じであった。

二人とも気まずげに押し黙ったままで、ときが過ぎた。気まずさに負けて先に部屋を出て行くのはおそらく忠蔵のほうだろう。

名匠・朱鷺松の手になる錺簪、通称『藤桜』を髪に挿したその女は、紙問屋《多嶋屋》の後妻で、名を富由《ふゆ》といった。

《多嶋屋》の主人・九右衛門《きゅうえもん》は今年で齢《よわい》八十になる老人で、富由は貧乏旗本のゆき遅れであった。

嫁《とつ》いで五、六年ほどになるが二人のあいだに子はなく、九右衛門と先妻とのあいだに庄二郎《しょうじろう》という、富由より十も年上の息子がいた。

富由の実家の旗本・中川《なかがわ》家は、三百石無役という貧乏旗本の典型で、富由は一人娘であった。二十代半ばを過ぎるまで縁がなければ世間的にはゆき遅れだが、決して見た目が醜いわけではなく、寧ろ人より美しいくらいであった。

だが、一人娘の富由を娶《めと》るということは、即ち中川家の入り婿となって家督を継ぐということだ。このご時世、如何に美しくとも、有力筋になんの伝《つて》もない貧乏旗本の娘の婿になり、捨て扶持をもらっているような家を継ぎたいなどと思う武士はいない。どうせ婿に入るなら、将来有望な家の婿になりたいと思うものだ。中には裕福な商家の婿になる者さえいる。

だが、同じ武家にとってはさほど価値のない貧乏旗本の娘が、裕福な商家にとっては、それなりの値打ちがあったのだろう。曲がりなりにも武家の娘を娶ったとなれば、格段に家格があがる。

金銭的に援助するという約束で、親戚の中から適当な若者を選んで中川家の養子とし、九右衛門は富由を後添えに迎えた。

富由を娶ったとき、九右衛門は既に古稀《こき》過ぎの老齢であった。ゆき遅れながらも美貌の妻を迎えたいというよりは、腐っても武家の身内になれれば、という商人らしい抜け目なさが先んじたのであろう。

もし、富由に対する執着が僅かでもあるなら、古稀を過ぎても子ができぬことはなかった筈だ。

しかし、九右衛門にとって多少の誤算は、富由が些《いささ》か賢い女であったということだろう。武家の出でありながら算盤《そろばん》が達者で、老いて病《やまい》がちの夫に代わって見事に店の切り盛りをしてのけた。

武家の出であり、凛とした威厳のある富由に、奉公人たちも易々と従った。

当然跡取りと思われていた前妻の子・庄二郎の出る幕はなくなり、奉公人たちは皆、九右衛門が富由とのあいだに子を生そうとしているのではないかと勘繰った。

子が生まれて一人前に育つまでにはときがかかる。それまで、《多嶋屋》の身代は富由と番頭たちとで守ればよい。その証拠に、富由が店の切り盛りをすることを、九右衛門は許していた。

そうなると、年のいった先妻の子など、最早邪魔者でしかない。《多嶋屋》での庄二郎の立場は微妙なものとなった。

「そりゃあ、庄二郎さんは面白くないだろう」

東次郎が水を向けるまでもなく、

「ええ、ええ、すっかり腐っちまって、毎日酒浸りですよ」

二八蕎麦屋の親爺《おやじ》はペラペラとよく喋った。

（蕎麦屋の親爺ってのは、どいつもこいつも口が軽いものなのか）

東次郎は内心舌を巻いている。

「酒だけかい？」

「勿論、こっちのほうも――」

と小指を立てて見せながら、親爺は満面に淫靡な笑みを滲ませた。もとより、吉原《なか》の小見世に居続けるなどは日常茶飯だと、別の筋からも聞いている。《多嶋屋》の若旦那の噂は、何処で聞いても、評判の悪いことこの上なかった。

「けど、そんな自堕落な暮らしをしてたら、親父さんは益々息子に嫌気がさすだろう」

「ええ、そりゃあもう。……近頃じゃもう、親父さん……《多嶋屋》のご主人も呆れちまって怒る気もねえってんで、近々勘当されるんじゃねえかって言われてますよ」

「なるほどね」

東次郎は深く頷き、丼に残った汁を飲み干すと、

「美味《うま》かったよ」

短く告げて蕎麦の屋台をあとにした。

大きなお店の側《そば》に屋台を出すのは、お店の食事だけでは足りない奉公人たちをあてこんでのことだが、実際多くの若い奉公人たちからあてにされているようだった。奉公人たちは親爺を相手に無駄話をする。お店の中での私語は禁じられているため、鬱憤が溜まっているのだ。それ故お店と無縁の者の前ではつい口が軽くなる。

(酉の刻過ぎにうちの近所に来てる蕎麦屋も油断ならんな。もしかしたら、盗っ人一味のまわし者で、うちの内情を探りに来てるのかもしれない)

思いつつ、東次郎はふと首を傾げた。

(そもそも新吉には、いつだって充分飯を食わしてるはずなのに、なんだって蕎麦なんか食いに行くんだ)

新吉の仕事は使い走りと店の掃除が殆どだが、必要以上にこき使っているつもりはない。成長期の子供だと思えばこそ、しっかり睡眠をとらせているし、食事も充分与

えている。しかるにこっそり蕎麦を食べ、剰《あまつさ》え、東次郎の悪口を言い触らしている、と言う。

（子供だと思って少し甘やかしすぎたかもしれないな）

改めて思うとともに、今後は新吉の扱いを考え直さねばならぬと決意するのだった。

（庄二郎というのは、私と同い年くらいか）

東次郎は大いに興味があった。

庄二郎が、人並みか、人並み以上に賢い男であれば、義理の母である富由をたて、彼女の指図を仰いで家業を手伝うべきであろう。酒色に沈湎《ちんめん》するなど、あまりにも愚劣すぎる。

（さては、はじめからそれが目的で九右衛門は富由を後添いにしたのだな）

と東次郎は考えた。

富由に対して特別の執着があったわけでもないとすれば、古稀を過ぎ、既に後継ぎの息子もある九右衛門が後添いをもらう目的はただ一つ。即ち、後継ぎである庄二郎の排除である。

理由はわからない。

庄二郎の母が亡くなって久しく、息子に対する愛情など既に失われているのかもしれない。愛情を感じぬ息子が、並外れた愚物であれば、なおさらだろう。

富由に家業の仕切りを任せることは庄二郎に対する踏み絵であった。

愛情はなくとも、血を分けた息子には違いない。これを機に、富由に負けじと家業に身を入れるようであれば、まだ見所がある。そのときは、考え直してもいい、とも思ったかもしれない。

だが、それをせず、更に愚かな道を辿るようなら、我が子と雖《いえど》も容赦なく斬り捨てる。そのための踏み絵だったのだ。

九右衛門は一代で財を成したたたき上げの商人だ。幾度となく修羅場をくぐってきたであろうから、当然冷徹だ。《多嶋屋》の暖簾を守れるのであれば、他人の力を借りることも厭わない。逆に、血を分けた我が子であろうと、家を守る力量のない者は排除する。

おそらく、追いつめられた庄二郎が酒色に逃げた後、どれほど愚かな行動に出るかも想定済みなのだろう。

愚かな庄二郎が考えつく最悪の方策——。

それは、人を雇って、目の前の邪魔者——即ち、義母の富由を殺すことにほかならない。

(となると、晴れてお富由さんとお近づきになれる日も近いかな)

そこまで予期して、東次郎は心中密かにほくそ笑んだ。

四

「危ないッ」

考えるより先に体が動き、気がつくと、女を背後に庇っていた。

「…………」

突然の東次郎の登場に、当然刺客たちは狼狽《うろた》えた。

そもそも、端金《はしたがね》で殺しを請け負うような輩である。狙う相手が女ということで、勝手に楽な仕事だと思い込んでいたのだろう。

「チッ」

悔しげに舌を打ちながら、刺客の一人が東次郎に向かって刀を振り下ろしてきた。

刺客は、二人とも粗末な木綿《もめん》の小袖に破れ袴《ばかま》を穿いた浪人者だった。たいした腕ではないが、本身を質入れせず、それによって報酬を得ているだけの度胸はあるようだ。

東次郎を尾行けていた伊助が忽ち駆け寄ってもう一人を蹴り倒しても、そいつは狼狽えず、真っ直ぐ東次郎を攻撃してきた。

「もう一人いる」

東次郎は伊助の耳許に囁いた。

「え？」

「たぶん、天水桶の後ろに——」

言うなり東次郎はその場から高く跳躍した。

そのとき、大刀を手にした浪人者は、さすがに奇異を感じた筈だ。袖無し羽織に軽衫という冴えない宗匠のような身形の小柄な優男が、忍びの如き身ごなしをしてみせるではないか。

しかも、その優男には、かなり腕の立つ護衛がいる。

「お前はこやつを殺せ」

だが優男は、護衛に向かって意外な命を発した。

「私は隠れてる後詰めの奴をやる」

言うなり身を翻《ひるがえ》して高く跳んだ。

跳んだ先には、東次郎が予見したとおり、もう一人の刺客が待機している。街角のいたるところにある天水桶の陰に身を潜め、己の気配を消していたのだ。二人が斬られ、東次郎らが油断したところを狙うつもりだったのだろう。

あてが外れて慌てたようだ。

「うぬ」

潜伏を見破られたその男が刀の鯉口《こいくち》を切ったときには、既に遅かった。

高く跳躍するとともに大きく上下に腕を振った東次郎の袂から鍼が飛び、その男の額と喉笛に突き刺さっている。

男は刀を抜ききらぬ状態で即死。

「旦那様」

最前の浪人者を拳一撃で片づけた伊助がすかさず駆け寄る。相貌絶美な唐人拳《とうじんけん》の使い手は、息一つ乱していない。

「大丈夫ですか？」

「ああ、助かった。もう、行っていいよ」

「え？」

「刺客は片づけた。さっさとここを立ち去らないと、厄介事に巻き込まれる」

「そうです。早く立ち去りましょう」

男に刺さった鉞を手早く抜きながら伊助に指示した東次郎は、ほぼときを移さず驚いた。突然の惨劇に戦《おのの》き、怯えている筈の女が、いつの間にか彼らのすぐ背後まで近寄っている。しかも、落ち着き払った声音で東次郎の言葉に同意を示したのだ。

「お助けいただき、かたじけのうございます」

驚いた東次郎が顧みると、女は狼狽えもせず真っ直ぐ視線を合わせ、更に落ち着いた声音で礼を述べる。

本来得体の知れぬ殺人者である筈の東次郎を見返したその瞳からも、淡々と礼を述べる声音からも、微塵も恐れは感じられなかった。

(この女……)

しばし呆気にとられた東次郎を、

「さ、まいりましょう」

女――富由は、視線を合わせたままで強く促す。

「お連れの方も――」

「は、はい」

不得要領ながら、伊助も富由の指示に従った。

「え?」

伊助にしてみれば、忠蔵から陰ながら東次郎を見張るよう言いつけられ、尾行していたところ、突然主人の身に危険が及んだために、咄嗟に体が動いてしまった。東次郎は当たり前のように対応してくれているが、後ろめたいことこの上ない。

尾行がバレただけでも、きまりが悪くて仕方ないのだ。

それ故、富由の言葉を天の助けとばかり、

「では旦那様、手前はこれで――」

伊助はそそくさとその場を立ち去った。

「ああ、気をつけておかえり」

東次郎はすかさず鷹揚な言葉をかけたが、伊助の耳に届いていたかどうかはわからない。

東次郎と富由の二人はそのまま路地を小走りに四、五間進むが、

「お連れ様にお礼を言うのを忘れました」

ふと足を止めて、富由が言った。

「あとで私から言っておきます」

東次郎が顧みると、富由は本気で申し訳なさそうな顔をしている。

「驚いた」

東次郎は思わず、正直な気持ちを口にした。

「どうなさいました？」

「抜き身の白刃を目の当たりにしたのに、まるで怯えておられませんね」

「いいえ、怖くて足が竦《すく》んで動けませんでした」

肩を竦めて言った富由の顔は年齢不相応に若く、まるで十代の小娘のようだった。

（なんと胆《きも》の据わった女だ）

東次郎は内心舌を巻いた。

（武家の女子とは、こういうものか）

思いつつ、ふと首を傾げた。

富由は武家の出ながらも算盤に長《た》け、《多嶋屋》の家業を切り盛りしている。賢いだけでなく、並外れた気丈さも併せ持っていなければできない芸当だ。

武家の出でありながら算盤に長けた者は少なくない。現に、東次郎の身近にも一人いる。

（私は、そういう人種に縁があるのかな）

そんなことを考え、東次郎は無意識に首を捻った。そうだとすれば、富由との出会いは己にとって決して凶ではない筈だと思いたかったのだ。

「とうとう女と懇《ねんご》ろになったようですね」

呆れ顔の嘆息まじりに忠蔵から言われたとき、

「女じゃなくて、お富由さんだ」

悪びれもせず東次郎は言い返した。

六枚組の伊万里《いまり》の絵皿を丹念に拭くその片手間に、だ。さほど値打ちものではないが、唐《から》の仙人だの童子だの龍だのが描かれていて、なかなか楽しい。もとより料理をのせるためのものではなく、眺めるためだけの皿だ。

「それに、懇ろになったわけじゃない。人聞きの悪いこと言いなさんな」

「刺客から救ってやって、そのまま茶屋へしけ込んだそうじゃありませんか」

「だ、誰がそんな嘘八百を」

東次郎はさすがに慌てた。慌てて皿を取り落としそうになり、そのことに自ら焦る。

それ故反射的に忠蔵を睨んだ。

「恐い思いをした女を慰めて口説くなんざ、旦那様には朝飯前でしょう」

「だから人聞きの悪いこと言いなさんなよ。いつ私が恐い思いした女を慰めるついでに口説いたりしたよ？」

「今更なんですよ。はじめから、そういう腹づもりで女……いえ、お富由とやらの身辺を洗ってたんでしょうに」

「…………」

「どうなんですよ？」

「とりあえず、明日からしばらくのあいだ、私は病の床に就くよ」

問い詰められて、東次郎はあっさりはぐらかした。

「え？」

「もしお富由さんが私を訪ねてきたら、病が篤《あつ》く、到底人に会える状態じゃない、と言って追い返して」

「まさか、女にてめえの素性を明かしたんですか、旦那様？」

忠蔵の顔色が見る見る変わる。

「明かすわけないだろ」

「じゃあ、どうして？」

「どうせ何れわかることだ」

「どうしてわかるんです？」

「大店を見事に切り盛りする知恵と、白刃を目の前にしても僅かも狼狽えぬ胆の太さがあれば、何れ調べて私に辿り着く。そうは思わないか？」

「………」

忠蔵は絶句した。

東次郎の唐突な言葉を呑み込むには、いま少しときが必要だった。それくらい、混乱していた。日頃東次郎の行いに喧《やかま》しく口出ししているものの、その実彼なら放っておいてもそうひどいしくじりはしないだろうという信頼があった。

「だから、明日からしばらく寝込むことにするよ」

「え？」

だが、このときの東次郎の言葉は更に忠蔵を驚かせた。

「もし女が訪ねてきても、枕があがらないような病人なら諦めるだろうし、諦めずに近所で聞き込んでも、私が病弱だというのは周知の事実だ」

「………」

「だから忠さんも、そう心得ていてほしい」

「一体なにがあったんですか？」

一旦口を閉ざした忠蔵が、気を取り直して東次郎に問うたが、

「………」

東次郎はしばし答えを躊躇った。

簡単に答えられる問題ではなかったし、富由を身近にしたときに感じた己の戸惑いや戦きを忠蔵に悟らせぬ自信がなかった。

(忠さんにはわからない)

男女のあいだには常に一つの感情しか存在しないと思い込んでいる忠蔵のような男には、到底わかるまい。仮に、胸の裡にある恐れや不安を口にしたとしても、

「たかが女子一人に——」

と鼻先で嗤《わら》われるのがおちだろう。

五

刺客に襲撃された場から逃れた直後、東次郎と富由は確かに出会茶屋に入った。

訳ありの男女が密会するための場所なら、あたりを憚らずに話ができる。もとより東次郎には、その時点で富由をどうこうしようなどという下心はなかった。

そもそも、東次郎の袂を引いて茶屋に誘ったのは富由のほうである。

(話ができればそれでいい)

と考えていた東次郎は、それを危険な誘いとも思わず、唯々として従った。

いざとなれば、女一人を御するくらい朝飯前だと思っていた。

「この数日、私のあとを尾行けておられましたね？」

部屋に茶を運んできた女中が下がり、部屋の外で聞き耳を立てている者がいないのを気配で察してから、開口一番富由は問うた。

「…………」

東次郎は答えられなかった。

そんな真っ直ぐな問いに答えられるわけがない。

「責めているわけではないのです。危ういところをお救いいただき、貴方様には心から感謝しております」

「だが、私がおらずとも、貴女《あなた》の身に危険は及ばなかったのでは？」

女中が運んできた茶をゆっくりと手にとりながら、注意深く東次郎は問い返した。

「そんなことはありません。私は、ご覧のとおり身に寸鉄も帯びておりませんから、貴方様とお連れ様がおらねば、初太刀を禦《ふせ》ぐことはできなかったと思います」

卓を挟んで東次郎の正面に座しながら、富由は言う。

「では、初太刀さえ禦げればあとは自力でなんとかできた？」

「さあ……どうでしょう」

「武芸の心得がおありとは思うたが、その様子だと、相当な自信かと」

「一応、武家の出でございますから」

間髪入れずに答えてから、

「それも、先刻ご承知でございますね」

富由は破顔した。

大輪の牡丹《ぼたん》が咲き綻《ほころ》ぶかのようなその笑顔に、東次郎は正直戦慄した。それまで東次郎が見ていた富由は、十人並み以上に顔立ちが整い、武家の出らしく凛とした気品を備える聡明な女子、というものだった。

少なくとも、悪辣な印象は僅かも抱かなかった。

しかし、いま目の前にいる女は、どうやら東次郎の想像を遙かに超える化け物であるらしい。

(私は人を見る目がない)

と今頃自覚しても、もう遅い。

「折角ですから、床入りしますか?」

笑顔で問いかけられ、東次郎は無意識に後退《あとずさ》った。

「冗談でございます」

「………」

できれば直ちに部屋を出て、逃げ去りたかったが、できなかった。

富田が、一体なんの目的で東次郎を連れ込んだのかという興味が、恐怖心に勝ったのだ。

「私に、なんの話が？」

「聞いていただけますか？」

（やめろ！　聞いたら終わりだ。聞かずにいますぐここを出るんだ！）

もう一人の己が懸命に呼びかけてくるが、東次郎は腰を上げなかった。蜘蛛《くも》の巣に絡まった哀れな獲物さながら、身動きすらもできなかった。

「それで、女は旦那様になにを言ったんです？」

口を噤《つぐ》んだきりの東次郎に、忠蔵は再三話の続きを促した。

「…………」

東次郎は漸く顔をあげて忠蔵を見返した。

赤絵の皿は既に拭き終え、桐の箱に戻している。

「一緒に、《多嶋屋》の身代を奪い取らないか、って——」

「なんですって！」

「嘘だよ」

東次郎はあっさり首を振った。

「悪ふざけはやめてください、旦那様」

「別にふざけちゃいないよ」

「じゃあ勿体ぶらないで話してくださいよ」

忠蔵の苛立ちを充分察した上で、東次郎はなお口許を弛めて微笑する。

「お富由は、私の目的が簪だということを、はじめから知ってたよ」

「え？」

「よっぽど物欲しそうな目をしてたのかなぁ。反省しなきゃいけないな」

「じゃあ、旦那様が尾行してたときから気づかれてたってわけですか？」

「忠さんの言うとおりだった」

「え？」

「女の家を確かめたところで帰ってくればよかったよ。その日のうちに彼方此方《あちこち》嗅ぎまわるなんて、勇み足だった」

「旦那様……」

「冷静なつもりでいたけど、『藤桜』を見て、相当動揺してたんだな。私としたことが、迂闊だった」

「それで？」

大きなため息をついてから、忠蔵は東次郎を促した。

「言うこと聞いたら、くれるってさ」

事も無げに東次郎は答える。

「なにをです？」

「『藤桜』だよ。決まってるだろ」

「すると女は、『藤桜』を餌に、旦那様を釣ったわけですか」

「ああ」

「で、なにをさせようってんです？」

「庄二郎を殺してくれってさ」

「なんですと？」

「殺さずとも、半死半生くらいに痛めつけるだけでもいいそうだ」

「なんてことを！」

「子供が悪さしたら懲らしめるのは親の務めだからって、さ。……強《あなが》ち、間違いではないな」

「なに言ってんです」

「勿論断ったさ」

「当たり前ですよ。ったく、毒婦になに吹き込まれてるんです」

「それに、おそらく庄二郎は手はじめで、一度言うことを聞いたら最後、もっとヤバいことをさせられる」

「最悪だ」

忠蔵は思わず呟き、天を仰ぐような所作をした。何事も、大袈裟な男だ。

「なんにしても、簪一本の代価にしちゃあ、高すぎる。こっちだって、易々と言うことと聞く気はないよ」

忠蔵を宥《なだ》めるように言ってから、更に東次郎は、

「それに富由は、どうやら『藤桜』についてはなんにも知らないようなんだ」

自ら首を捻りつつ言う。

「なにも知らずに、どうしてそれを餌にしようなんて思いついたんです？　簪の由来を知らない者にとっちゃ、ただの古い錺簪でしょう」

「さあな。《多嶋屋》に嫁いでまもなく、納戸の中で見つけたそうだ。古びてはいるが、なにやらいわくありげな品だったんで、九右衛門に訊ねたところ、少し迷った挙げ句、お前にやる、と言われた、と。少し迷ったときの九右衛門の顔つきが気になったので、外出の際は必ず目立つところに挿すようになったそうだ。……どこまで本当かわからんが」

「簪を隠し持ってたなら、やっぱり九右衛門の野郎があのときの盗賊一味の一人ってことになりますよ」

「そうかもしれないし、たまたまどこかで手に入れただけなのかもしれない」

「調べないんですか？」

「しばらく床に就くと言ったろう。枕もあがらぬ病人になにができる？」

「急に弱気になられたものですな」

「尻尾《しっぽ》を摑まれてはどうしようもないよ」

言うなり東次郎はごろりとその場に身を横たえた。完全に不貞腐れた様子である。

（そういうところ、ガキの頃とちっとも変わってないな）

内心呆れ返りつつ、

「どうするおつもりです、旦那様？」

苦《にが》い顔つきで忠蔵は問うた。

「だから、病気になると言ってるだろう」

「そんな一時しのぎがなんになるんです？」

「…………」

「女に尻尾を掴まれた事実に変わりはないでしょう。相手は相当強《したた》かな女です。空惚けたって、通用しませんよ」

「じゃあ、どうするって言うんだ？」

背中を向けたままで東次郎は問い返す。

「いっそ、後腐れなく殺しますか？」

「え？」

驚いて忠蔵の顔を顧みた。

「本気かい？」

怖いほど真剣な目をしている。

「それしかないでしょう。こっちの正体が露見する前に後腐れなく殺《や》っちまうんです」

「で、でも、それは……」

狼狽える東次郎の様子をしばし密かに楽しんでから、

「冗談ですよ」

忠蔵はあっさり破顔した。

「堅気の女なんか殺すわけないでしょう」

「冗談……」

「まあ、堅気かどうかは調べてみなきゃわかりませんが」

「忠さんが調べてくれるのか？」

東次郎の面上に忽ち喜色が浮かぶ。

「こうなったら、しょうがないでしょう。っとに、もう――」

忠蔵は一層渋い顔をしたが、東次郎は内心安堵していた。

「忠さんが調べてくれるなら、間違いないな」

愁眉《しゅうび》が開き、その口許には淡い笑みさえ滲んでいる。

どうやらはじめから、そのつもりだったのだろう。己の手にあまる事態が出来《しゅったい》すれば、結局は忠蔵を頼る。

（こいつ……）

忌々《いまいま》しいが、仕方ない。三十年来、そういう関係性ができてしまっている。今更変えることは難しい。忠蔵は不満とともに、さまざまな言葉を呑み込んだ。

第三章　過去の桎梏《しっこく》

一

（やめて！）

必死の叫びは、だが声にはならなかった。

（やめてよぉーッ！）

本人は懸命に叫んだつもりだった。

人は、あまりに絶大すぎる恐怖の前ではただただ無力になる。声もあげられなければ、身動《みじろ》ぎ一つできない。

口を塞がれているが、仮に塞がれていなかったとしても、叫び声などあげられなかっただろう。

ただ、全身を目に変えて、眼前に展開する地獄の光景を見つめ続けた。

途中からは、悪夢の続きに思えてきた。

毎日彼の世話をし、どんなひどい悪戯《いたずら》をしても笑って許してくれた優しい奉公人たちが、次々と凶刃に斃《たお》れてゆく。

「ぎゃッ」

「げひゃ」

「うぐぇーッ」

耳を覆いたくなる断末魔の叫びが、目の前の地獄を一層地獄たらしめてゆく。

彼の口を押さえている人物が、耳許《みみもと》に囁く。

「耐えろ、一坊」

(耐えるもなにも、これは夢だろ)

彼は己に言い聞かせていた。

目の前で繰りひろげられる光景は夢だ。蓋《けだ》し、最低の悪夢だ。懸命に、そう思い込もうとした。そうとでも思い込まねば、十歳かそこらの少年の心は、容易《たやす》く壊れてしまった筈だ。

それほどの生き地獄であった。

(なんで……)

連れ込まれた納戸《なんど》の中で信じがたい光景を目の当たりにしながら、少年は終始震えていた。

(なんでこんなことになってるの?)

その晩少年は父母と過ごした月見の宴の余韻で、なかなか寝つけなかった。彼の中では楽しい宴の興奮がいつまでも続いていた。

漸《よう》くうとうとしかけたのは子の刻近くになってからだ。

ほんの一瞬間、眠りに落ちた直後、だがただならぬ気配を察して目を覚ました。

「………」

何処《どこ》かで、悲鳴と絶叫が交錯している。

それをぼんやり察した瞬間、

「一坊ッ」

いきなり部屋の障子が開け放たれ、手代の中でも最も年の若い忠三郎《ちゅうざぶろう》が飛び込んできた。

「どうしたの、忠さん?」

問い返す暇もなかった。

「声を出すんじゃない」

彼を抱き上げ、耳許に囁くや否や、忠三郎はそのまま寝室を横切って反対側の廊下に出ると、素早く納戸の中へ飛び込んだ。特別な納戸で、中から鍵がかけられるようになっている。木目にからくりが施されていて、外からは見えないが、中からは外の様子がよく見えた。

万一盗賊に入られたときの備えである。

「忠さん?」

「黙って」

忠三郎に口を塞がれ、声を出すことも禁じられた。

すぐに惨劇がはじまって、声を出すどころではなくなったが。

黒装束の賊どもは裏口から侵入してきて、片っ端から奉公人たちを斬殺しはじめたのだ。

(父さんと母さんは?)

少年が漸くそのことに思い至ったとき、母屋の奥の、両親の寝室のほうからか細い悲鳴が聞こえてくる。次いで、男の低い呻き声も。

「母さん……父さん……」

無意識の声音が吐息のように漏れるのを、忠三郎のぶ厚い掌《てのひら》でも押さえることはできなかった。

ほんの数刻前まで優しく慈《いつく》しんでくれた母も父も、もうこの世にいない、ということを、漠然と彼は察した。

「なんで……」

察したとき、はじめて涙が溢れ出した。

「なんで……こんなことに……」

身も世もなく泣く少年の口を、忠三郎は最早《もはや》塞ごうとはせず、嗚咽の声が漏れるに任せた。

その頃には既に賊は去り、広々とした母屋の中で息をしているのは少年と忠三郎の二人きりだとわかっていたのだろう。

念のため、賊が去って後も、忠三郎と少年は更に一刻以上を納戸の中で過ごした。

一刻を過ぎても、町方や火盗改が駆けつけてくる気配はなかった。

「なんで、お町の旦那たちは全然来てくれないの？」

「非番が多いんだろ。そんな日もある」

無感情に忠三郎は答えた。

結局、町方の定廻り同心が岡っ引きを連れて惨劇の場を訪れたのは、完全に夜が明けてからのことだった。


少年の名は、一太郎《いちたろう》。

なんの変哲もない平凡な名だ。平凡な名のほうが長生きできるという俗説を信じた父が名づけたのだ。齢は、十になったばかり。

「いっちゃん」という愛称の他に、「一坊」とも呼ばれていた。

おそらく、一太郎坊っちゃん、の略だろう。

一太郎は、江戸のみならず、大坂《おおさか》と長崎《ながさき》にも拠点を持つ廻船問屋《井筒屋《いづつや》》の一人息子だった。父親は、三代続いた老舗の三代目で、母親は親同士が決めた大店《おおだな》の娘であったが夫婦仲はよく、家の中は常に春の陽射しに満たされるが如く暖かかった。

幼童から少年へと成長するまでのあいだ、一太郎は十全の幸せを味わって育った。

その幸せは一太郎が成人し、やがて父の後を継ぐまで続くはずだった。いや、父の後を継ぎ、嫁をもらい、家業をいよいよ繁盛させてなお、続くべきだった。

だが、一太郎の幸福は一夜にして潰え《つい》、彼は突如一文無しの孤児となった。

二親《ふたおや》は言うに及ばず、昨日まで彼を大切に扱ってくれた奉公人は一人もなく、ただ、手代の中でもとりわけ口が悪く、荒っぽい気性の忠三郎だけが残った。

忠三郎とは、確かに仲はよいが、それはあくまで一太郎が《井筒屋》の坊っちゃんだから、仲良くしてくれていたにすぎない。子供心にも、一太郎はそれを察していた。

「ねえ、なんで逃げるの？」

恐る恐る一太郎が問うと、

「生き延びるためですよ」

一太郎を背負って惻々《そくそく》と歩を進めながら、忠三郎は答えた。一応敬語を使ってはいるが、その語調には主人の息子に対する恭《うやうや》しさなどはない。四ッ谷《よや》の大木戸を出てもなお歩き詰めて、遂に内藤《ないとう》を過ぎた。

途中でひと休みもしていない。それができる忠三郎の体力は鬼神並なのだが、一太郎には一向わからない。

わからぬまま、ぼんやり大きな背に背負われている。

「生き延びるって？」

「あのまま、あそこにいれば、何れ《いず》殺されます」

「どうして？」

一太郎は問うた。

「盗賊がお店に入って、みんなを皆殺しにした。父さんも母さんも殺された。……どんな賊だったか、町方や火盗のお役人に教えないと……」

「教えたって無駄ですよ」

「だから、どうして？」

「町方や火盗が、賊を捕らえられるわけがないからですよ」

「………」

明らかに苛立つ忠三郎の語気の激しさに、一太郎は容易く戦《おのの》いた。大きな背中におぶわれていても、正直落ち着かない。

「それどころか、《井筒屋》の生き残りがいると知れたら、確実に狙われます」

「だから、なんで？　忠さんの言ってること、全然わかんないよ」

「内応者がいたんですよ」

「内応者って？」

「味方だと思ってた奴が実は敵のまわし者だった、ってことです」

「誰が、賊のまわし者だったの？」

「それはわかりません。ですが、お店の中には確実に賊の内応者がいて、裏口の戸を開けて賊を引き入れたんです」

「なんでそんなひどいことを……」

忠三郎の無情な言葉で、一太郎の胸に忽《たちま》ち悲しみがこみあげた。たまらず忠三郎の背に顔を埋め、啜り泣く。

「いいかい、一坊」

少年の悲しみをその背に受け止めながら、だが忠三郎は殊更冷めた声音で言い放つ。

「お前はもう、江戸随一の廻船問屋《井筒屋》の坊っちゃんじゃない。一文無しの孤《み》児《なしご》だ。これからは、なにもかも、昨日までのようにはいかないんだ」

「………」

「今日からは、我《わ》が儘《まま》を控えて、生きてくことだけに懸命にならなきゃいけない」

「忠さん」

「なんだ？」

「だったら、忠さんはなんで、一文無しの孤児を背負ってくれてるの？」

袂で涙を拭い、思いきって、一太郎は問うた。

目下、一太郎が一番知りたいことだった。

「え？」

「捨てていけばいいじゃないか」

「なに言ってんだ、一坊」

「忠さんは元々お武家だから、《井筒屋》の生き残りじゃない。私を捨てて一人になれば、狙われることもないだろ」

「大恩ある旦那様の子を捨てていけるわけないだろう」

「…………」

「大恩があるっていうなら、私を父さんと母さんのもとにおくってよ」

「生きていたくないんだよ。賊が殺してくれると言うなら、ありがたい。いますぐ父さんと母さんのところに行きたいんだよ」

「…………」

忠三郎の足が、ふと止まった。

大木戸を出てからはじめてのことだった。

「忠さん？」

不意に背中から降ろされたことを不思議がる暇もなく、

「馬鹿野郎ーッ」

その頬を、思いきり張り飛ばされた。

「うわッ」

一太郎の小さな体は一間あまりも吹っ飛んで街道沿いの杉の幹にぶち当たり、容易く頽《くずお》れる。一太郎にしてみれば、全身の骨が砕けたのではないかと錯覚するほどの痛みであった。

「間違っても、死にてえなんて言うんじゃねえッ」

「…………」

「旦那さんと内儀《おかみ》さんが、どんな気持ちで死んでったと思ってんだ」

悪鬼の如き両目に大粒の涙を滲ませながら、忠三郎は言い募《つの》る。

「小さなお前のことを、最期まで愛《いと》おしんで、愛おしんで……命を奪われたんだぞ。どんなに無念だったことか」

「…………」

「そんなお二人が、お前の死を望んだりするわけがねえだろうッ」

「じゃあ、父さんと母さんは、なにを望んでるって言うんだ？」

打たれて腫れあがった頬を押さえつつ、一太郎は問い返した。

「きまってんだろ」

「なんだよ？」

「お前が、生きて幸せになることだよ」

「なれるわけねえだろーッ」

唐突な激情とともに起き上がった一太郎は、忠三郎めがけて夢中で突進した。

「正吉《しょうきち》やお雪《ゆき》や……お金《かね》や喜助《きすけ》が、あんなふうに殺されて……痛そうで苦しそうで、可哀想で……あんなの目の当たりに見ちまって、幸せになんかなれるわけねえだろッ、畜生ーッ」

「一坊」

突進してきた一太郎を易々と受け止めたものの、忠三郎には言葉が継げなかった。

「畜生、畜生、畜生ーッ」

譫言《うわごと》のように口走りつつ、一太郎は忠三郎の顔や体を殴りつけた。所詮児戯《じぎ》であるからなんの差し障りもないものの、一太郎の悲痛な叫びは、確実に忠三郎を嘖《さいな》んだ。

「わかったよ、一坊」

忠三郎は一太郎の体を強く抱き締めた。

「もう、いい。もう、いいから……」

夢中で抱き締めるうち、力が入りすぎたのだろう。

「く、苦しいよ、忠さん……」

「………」

忠三郎は漸く一太郎を抱く手を弛めた。

「こ、殺す気かよ?」

青息吐息で言い返す一太郎のすっかり青ざめた顔が愛おしく、思わず両手で抱え込んだ。

「一坊……」

「殺してくれと言ったのは、一坊だろう」

「だからって、本気にする奴があるかい」

「じゃあ、死ぬのはやめたんだな?」

「………」

「どうなんだ、一坊? まだ死にてえか? 本当に望むなら、引導を渡してやるがどうする?」

「……たくねえよ」

不貞腐《ふてくさ》れたように顔を背《そむ》けて一太郎は言う。

「なに?」

「死…にたくねえ」

「聞こえねえよ。聞こえるようにでかい声で言え!」

「死にたくねえッ！」

一太郎は夢中で叫んだ。

「本当に、死にたくねえかッ？」

「死にたくねえ！　生きたいッ」

「本当に、生きたいんだな？」

「ああ、生きたいよ」

「死ぬよりつらくてもか？」

「死ぬよりつらくても、生きてやるよ」

「生きて、どうする？」

「決まってんだろ。父さんと母さんの敵《かたき》を討つんだ。……父さんと母さんだけじゃない。お店のみんなの敵も……」

「討てると思うか？」

「…………」

「引き込み役を送り込んできてお店の隅々まで調べさせた挙げ句、裏口の戸を開けさせて、奉公人から主人夫婦まで皆殺しにしたような極悪人なんだぞ。簡単に討てると思うのか？」

「簡単には討てないかもしれないけど……」

「けど、なんだ？」

「討ちたい」

強い語調で一太郎は言った。

「討ちたいんだよ。そう願ってはいけないのかよ？」

「いいよ」

忠三郎は頷いた。

「敵を、討とうじゃないか。……盗っ人なら、金だけ奪う方法はいくらもあった筈なのに、奉公人から旦那様たちにまで手にかけやがった。絶対に許せねえ」

「忠兄さん、手伝ってくれるの？」

「手伝うだぁ？　ふざけんな。これは俺の仇討《あだう》ちだ。お前が、足手纏いにならねえ程度になれたら、手伝わせてやるよ」

「じゃあ、手伝わせて」

「ああ、手伝え。だが、いまのままじゃ手伝いもままならねえな」

「じゃあ、どうすれば？」

「先ずは、そのなまっちょろい体を一人前に鍛えねえとな」

言ってから、忠三郎はふと一太郎を見つめた。

その表情が束の間無意識に弛《ゆる》み、仁王のように厳《いか》めしいだけだった顔に、別人のような底意地の悪さが滲んだことを、もとより一太郎は夢にも知らない。

二

「一坊、起きろ」

言葉とともに脇腹あたりを蹴りつけられ、一太郎は飛び起きる。

「痛《いた》ッ」

「とっくに夜が明けてるぞッ」

「…………」

寝惚《ねぼ》け眼を擦りながら、一太郎は懸命に忠三郎を見た。

「わかってるよ。水汲みに行けばいいんだろ」

「わかってるなら、さっさと行け」

「…………」

一太郎は渋々床を出た。

「なんだ、その顔は。腹でも痛いのか？」

「別に――」

「だったら、早く行けーっ」

「行くよ。行けばいいんだろ」

慌てて身繕《みづくろ》いをし、一太郎は外に出た。

出れば縁先には水汲み桶が待っている。それを手にとり、裸足《はだし》のままで飛び出した。

山中の土は乾いたところもあればぬかるんだところもある。草履《ぞうり》を履いていれば滑りやすく、裸足のほうが断然歩きやすい。

人が、しょっ中出入りするような山であれば、彼らが無意識に芥《ごみ》を廃棄するため、その芥で足の裏を傷つける虞《おそれ》があるが、彼らが住まう山は人里と遠く離れているため、殆ど人は踏み入らない。

（もう、軽々と麓《ふもと》まで歩けるぜ、忠さん）

踊るような足どりで、一太郎は麓を目指した。実を言えば、これは地獄の道中だ。行きは空の桶を持って道を下るのだから、足どりは軽い。

だが、麓の川で水を汲めば、桶の重さは倍以上となる。しかも、帰り道は上り坂である。

(これって、絶対わざとだよな)

水を汲んで帰る道々、一太郎の両腕は悲鳴をあげそうになるが、それでも、四半刻とはかからず庵《いおり》に戻った。

もとより、そうなるまでにはそれなりの歳月《とき》を要している。

大店の一人息子で、甘やかされて育った一太郎には、同じ年頃の子供と戸外で遊んだ経験すらろくになかった。鬼ごっこのような遊びも知らず、川で小魚を漁《すなど》ったこともない。

そんなか弱い子供であった一太郎を、忠三郎は徹底的に鍛えることにした。

はじめは、夜明けとともに起き、山中を一刻あまりも散歩させた。

家の中にばかりいて、ろくに表で遊んだこともない一太郎にとっては、山中を歩くだけでもひと苦労であった。江戸市中のように平らな道ではなく、でこぼこな上に傾斜があり、容易には歩けない。数歩歩いては予期せぬ泥濘に足をとられて転び、また数歩行っては予期せぬ穴に嵌《はま》った。

「忠さん!」

「いちいち助けを求めるな。男だったら、てめえでなんとかしろ」

忠三郎の指導は常に荒々しかった。

（こんなことなら、あの晩、賊に殺されてたらよかったよ）

と思うことは屢々《しばしば》だった。

それでも一太郎は忠三郎に従った。それ以外に、己の生きる術《すべ》はないと信じたからにほかならない。


麓から庵のある頂《いただき》までの往復を、一太郎が苦もなくこなせるようになると、忠三郎は一太郎に武術を教えはじめた。

はじめは剣術。

剣術の身ごなしを覚えはじめたあたりから、実際に組み合った際の体術も教えた。一流の武芸者を育てるわけではなく、生きる術を体に叩き込むための修練だ。

「痛いよ、忠さん」

木刀の打ちが少しでも体に響くと、一太郎はすぐに泣き言を言った。

「なんでそんなに強く打つのさ」

「強く打たなきゃ、死なねえだろ」

「え？」

「強く打たれて痛ぇと思うなら、同じ強さで打ち返してみろ」

「できないよ」

「どうして?」

「強く打ったら、忠さんが痛いだろう」

「いまは忠さんじゃなくて、お前の敵だ。敵は思いきり叩きのめすもんだ」

「できないよ」

「俺はできるぜ」

言うが早いか、忠三郎は怒濤の如く木刀を打ち込んでくる。

ガン!

ゴン!

ゴン!

ぐぉんッ!

間際で受け止めるのが精一杯で、到底反撃に出られる余地はない。

「俺を敵だと思えッ」

怒声とともに、渾身の一撃が一太郎の頭上に振り下ろされる——。

「だから、できないって!」

一太郎はそれを受け止め、渾身の力で押し返した。

できないというのを無理強いする忠三郎が憎い。無理強いは大嫌いだ。

到底押し返せぬだろうと思ったが、意外や易々と押し返せた。そのとき、一太郎の中で、何かが弾けたようだった。

「おああああああーッ」

押し返すとともに太刀を返し、一太郎は一転攻勢に転じた。

ガン！

ガン！

ガン！

夢中で木刀を打ち込んだ。

「…………」

気がつくと、いつしか忠三郎の攻撃がやんでいることに、一太郎は戸惑う。

「え？」

「やればできるじゃねえか。敵に対しては、いつもそれくらい打ち込めよ」

「…………」

「躊躇《ためら》うんじゃないぞ。一瞬でも躊躇ったら、こっちがやられる。わかったな？」

「わかった」

一太郎は仕方なく肯いた。

忠三郎と二人、山中に暮らすようになって、どれくらい経った頃だろう。

長らく二人きりだった山中に異変が起こった。即ち、人の気配が感じられるようになったのだ。二人の住まう庵は山の頂にあるといっても鬱蒼たる雑木林に囲まれているから、間違って踏み入った樵夫《きこり》や猟師に見つかる虞は少ないが、水汲みや狩猟の最中に余人の気配を察することはたまらなく鬱陶《うっとう》しい。もし鉢合わせでもしようものなら、相当厄介なことになる。

「どうする、忠さん？　このままだと、何れ何処かで鉢合わせするかもしれないよ」

「捜すしかないだろう」

「捜してどうするの？」

「危険な奴なら、排除する」

「排除って……殺すってこと？」

「危険がなければ、殺さない」

「危険があるかないか、どうやって見極めるの？」

「そんなの、見れば わかる」

忠三郎は殊更強く主張したが、もうその頃には一太郎にも相応の知恵が備わってい
た。
（見ただけで、わかるわけないだろ）
忠三郎の勝手な思い込みを内心せせら笑っていたが、山中への侵入者についてはま
もなく明らかとなった。
山の中腹にある半ば廃《すた》れたような杣《そま》小屋に、その者はちゃっかり住み着いていたの
だ。幸い、一太郎と忠三郎の存在には気づいていないようで、川で魚を捕ったり、山
鳥を射たりと、やりたい放題だった。
「何者だろう？」
「ろくな者じゃないことだけは確かだな」
「どうして？」
「外の世界とは一線を画したこんな山の中に一人で隠れてるなんて、ろくでなしに決
まってんだろ」
「じゃあ、私たちは？」
「…………」
一太郎の問いに、一瞬間絶句してから、

「まあ、臑《すね》に傷持つ身が身を隠すには都合がいいからな」

忠三郎は曖昧な笑顔を見せた。

一太郎はしばし言葉を呑み込んでから、再び首を傾げる。

「けど、よりによってなんでこの山に来たんだろう？」

「え？」

忠三郎は少しく驚く。

「だって、この山って、忠さんのお祖父《じい》さんが密かに所有してたものなんだろ？」

「あ、ああ……」

「旗本の当主が所有してる山に、余所者《よそもの》が無断で入ってくることってあるの？」

「もう、管理する者もいなくなって久しいからな。いまじゃ近在の百姓どもも、茸《きのこ》や山菜を採りに勝手に入り込んでる」

「じゃあ、猟師は？」

「猟師は……来ないんじゃないかな。銃声を聞いたことはないからな」

「なんで来ないのかな」

「さあな。……どうでもいいだろ、そんなことは」

「だって、気になるじゃないか」

「なにが気になるんだ？」

「だから、農家の人たちは気安く入ってくるのに、猟師はなんで入ってこないのか。忠さんは気にならないの？」

「きっとあれだ、祖父が管理していた頃から、猟師の立ち入りは厳しく禁じていたからだろう」

「お祖父さんは、どうして猟師の立ち入りを厳しく禁じてたの？」

「それは……」

一太郎にしつこく質問されているうちに、忠三郎は漸くなにかに思い至ったようだった。

「そうだ。山には禁鳥がいるからだ」

「禁鳥？」

「鶴《つる》だ」

「この山に鶴なんているの？」

「昔はいたのだろう。野鳥は気まぐれだからしょっ中飛来する場所を変える」

「その頃の習慣がいまでも続いてるの？　随分律義だね」

「祖父の管理が行き届いていた頃は、特に厳しかったのだろう。密かに分け入って万一見つかればただではすまなかった筈だ。だから、猟師たちのあいだに、この山にだけは絶対に立ち入らぬがよいとの不文律ができたのだろう」

「ふうん」

「そもそも俺がこの山に潜もうと思いついたのも、人の出入りが少ないからだ。茸や山菜めあての農家の者は特定の季節にしか入ってこないし、入ってきても日が暮れぬうちに帰るからいいが、猟師はいつでも好きなときに入ってきて、獲物に出遭うまで山中にて何日も過ごす」

「けど、鶴って大昔から霊鳥って言われてるんだろう。禁止されてなくても、縁起を担ぐ猟師はそうそう手を出さないいんじゃないの？」

「密猟だよ」

吐き捨てるように忠三郎は言った。

「密猟？」

「鶴の肉は武家のあいだでも最高級の食材とされてる。大名家の本膳料理にも欠かせないからな」

「忠さんの家でもよく食べたの？」

「まさか。うちみたいな貧乏旗本にとっては、雉《きじ》だって高級品だ。そもそも、鳥肉自体、滅多に口に入らないよ」

「そうなんだ」

「お前のうちの食事のほうが、ずっと贅沢《ぜいたく》だったぞ。奉公人にまで、毎回魚がついた」

「…………」

一太郎は無言で忠三郎を見返した。

「なんだ？」

「うちの飯がめあてで、忠さんはうちの手代になったの？」

「お前ッ」

一瞬にして顔色を変え、攻撃してくるかと思いきや、だが忠三郎はすぐに怒りを鎮めた。

「まあ、そうかもな」

怒りを鎮めると、もうそれ以上は、一太郎になにか言おうとはしなかった。存外図星だったのかもしれない。

三

男の留守を確認した上で、一太郎と忠三郎は杣小屋に入った。

杣小屋の中は、男一人がギリギリ横たわれるほどの広さしかない。筵《むしろ》を重ねて寝床代わりにし、小さな炉で煮炊きをしているようだった。男がここを留守にするのは、下の川で水を汲むためか、なにか食料を調達しに行くときだけだ。魚を捕るにしろ、山菜か茸を採るにしろ、一刻以上はかかる。

二人は存分に小屋の中を物色した。

「これ、なに？」

一太郎が、小屋の隅にあった風呂敷包みを恐る恐る解《ほど》いてみると、中から薄緑色の小石が幾つも転がり出る。

薄緑のものが殆どだが、中には白いものや淡い紫のものもあった。

「変わった石だね」

「おそらく、翡翠《ひすい》だな」

忠三郎があっさり答えた。

「翡翠？」

一太郎が首を傾げると、

「唐の国では最も値打ちのある石だ。ものによっては金《きん》よりも、高価とされる」

忠三郎は淡々と説明する。

「さすが、物知りだね」

「これでも、廻船問屋の手代をしてたんだぞ。商う品のことを知らねば商売にならんだろ」

「翡翠も商ってたの？」

「翡翠のような高級品は、抜け荷でもなければ滅多に入ってこない」

「そうなんだ」

「その貴重な翡翠が、何故こんなところにあるのか」

「盗んできたんじゃないの？」

「………」

何気ない一太郎の言葉に、忠三郎の表情が一変した。

「どうしたの？」

「そうか。盗っ人か」

すべてを合点した顔であった。

「こいつ、盗っ人だ」

忠三郎は断言した。

「なんでわかるの？」

「お宝を掠《かす》めて、逃げてきたんだ。大方、一味の使いっ走りをしていたような小物だろう」

「でも、翡翠なんていくら値打ちがあっても、素人が簡単にさばけるの？」

「こいつは盗っ人だ。素人じゃない」

「でも、商いには素人かもしれない」

「それは…そうかもしれないが」

「どうせ一味を抜けて逃げるなら、もっとわかり易いものを掠め取るんじゃない？」

忠三郎が即答できなかったのは、それが的を射ていたためだろう。

（こいつ、なんて知恵がまわるんだ）

忠三郎は密かに舌を巻いたが、一太郎の従来の聡明さは、人里離れて暮らすようになってから、全く別の方向へと向かっているようだ。或いは、年相応の少年らしさを日に日に失いつつある、と言ってもいい。

「…………」

一太郎は、まるで御用を仰せつかった岡っ引きのような目をして小屋の中を熟視した。

よく見えるその目は小屋に入ったときから要領よくすべてのものを見据えていたが、

「ここか？」

ふと足下の筵に目を留めた。

小屋の住人が布団代わりにしている筵だ。一太郎が何気なくそれを捲《まく》ると、案の定そこに黒い木箱があった。床に埋め込む形で隠されているため、筵を掛けておけば気づかれない。

「これは？」

促されるまでもなく、忠三郎は箱の蓋《ふた》を開けた。

「おっ……」

ある程度予期したとおり、中にはぎっしり、切り餅状態の小判が詰まっている。

「千両はある？」

「おそらくな」

一太郎の問いに、忠三郎は即座に頷いた。

「しばらく、様子を見るしかないだろう」

「放っておくの？　危険な奴なら排除するんじゃなかったの？」

「危険かどうかはまだわからねえ」

「だって、盗っ人だよ？」

「盗っ人でも、おとなしく身を潜《ひそ》めてるあいだは危険じゃねえ」

忠三郎の決断は絶対だった。

千両箱を独り占めした男は一味の追っ手から逃れるため、この山に隠れ住むことにした。元々山に対する知識があったのか、それとも偶然辿り着いたのかは定かでない。何《いず》れにせよ、ほとぼりが冷めるまで山中に身を潜めるつもりだろう。

「少しでもおかしな動きを見せたら、そのときはまた考える」

その日から、二人は交替でその男を見張ることにした。

見張りは退屈な仕事だが、昼も夜も忠三郎からしごかれることを思えば、一太郎には寧《むし》ろ嬉しいくらいだった。

年の頃なら、四十がらみ。

痩せぎすで陰気そうだが、極悪人とも思えない。どこにでもいそうな平凡な中年男。それが杣小屋の住人の外見であった。極悪人ではないとしても、到底親しくなれそうにない。その男の全身から漂う得体の知れなさが、二人をいやでも警戒させた。

その男が山中に住み着いてから、半月ほども経った頃だろうか。

唐突に、その日は来た。

無遠慮に踏み入ってくる大勢の気配が、静かな山中を騒がせたのだ。

「なんか大勢来てるよ」

忠三郎の見張り番のときだったが、複数の人間の気配を感じて目覚めた一太郎は不安に駆られて駆けつけた。近頃一太郎の感覚は斯《か》くも研ぎ澄まされている。

「おそらく追っ手だろうな」

黒い人影がざっと数えたところでも十二、三。ひっそりと闇に蠢《うごめ》いていた。

「盗っ人の一味？」

一太郎の問いに、忠三郎は無言で頷いた。

「どうするんだい？」

「見守るしかないだろう」

「助けないの？」

「どっちを?」

「…………」

一太郎の鋭い問いに、忠三郎は更に鋭く問い返した。一太郎は困惑した。見ず知らずの他人の諍《いさか》いに、事情も知らずに首を突っ込むほど愚かなことはないだろう。

そうするうちにも、蠢く人影は、杣小屋をめがけて殺到する——。

「長助《ちょうすけ》の野郎、やっと見つけたぜ」

「まんまと俺たちを出し抜きやがって」

「捜し出すのに苦労した」

「ああ、半月もかかっちまった」

「こんな山ン中に隠れやがって、見つからねえとでも思ったか」

「謝っても許さねえからな」

男たちの無遠慮な話し声が、一太郎と忠三郎の潜む樹木の陰まで聞こえてきた。

(あきれたもんだな)

一太郎と忠三郎はともに、内心甚《はなは》だ呆れていた。

これから人を襲撃しようというのに、大声で放言しながら近づいて行くとは、なんとお粗末な連中だろう。相手が勘の鋭い人間なら、逃げるなり迎え撃つ準備をするなり、相応の備えをしているに違いない。

少なくとも、一太郎と忠三郎であれば、する。

のみならず彼らは小屋の真正面に立つと、

「やい、長助ッ、出てきやがれッ」

愚かにも小屋の外から声をかけはじめた。

小屋の中にいる者を、余程侮《あなど》っているのだろう。

「俺たちの金を返せッ」

「おとなしく返せば、勘弁してやらねえこともねえぞ」

「この野郎ッ……」

四人目の男の罵声《ばせい》は、だが不意に途切れた。

小屋の中から放たれたなんらかの得物で命を断たれたからに相違なかった。

「三次《さんじ》ッ！　大丈夫か！」

「死んでるぜ……」

「畜生ッ、なにしやがるッ」

「不意討ちとは卑怯な真似を！」

仲間の一人の死に狼狽《うろた》え、一層騒ぎ出す男たちを盗み見ながら、一太郎と忠三郎は苦笑を堪えた。

(お粗末な連中だ。これじゃ、出し抜かれるのも無理はない)

口には出さぬが、ともに同じことを考えている。

「許さねえぞ、長助ッ」

「ぶっ殺してやる」

懲りもせず、残った男たちは小屋の正面へと殺到した。小屋の明かりは消えていて、男たちの影は月明かりに映えている。

小屋の中にいる長助という男の得物はおそらく小弓だ。

(恰好の的だぞ)

と忠三郎が思う間もなく、

ひゅッ、

ひゃん、

ひょうッ……

弓弦《ゆづる》の音が低く鳴り、小屋の入口に迫る男たちが次々と斃《たお》れる。

「こうなると、追っ手のほうを助けてやりたくなるね」

一太郎が忠三郎の耳許に低く囁き、忠三郎は思わず噴き出しそうになった。

が、実際にはなにもせず、二人はただ見守り続けた。

やがて追っ手側が全滅し、月下に立つ人影が潰《つい》えても、しばらくその場から離れることができなかった。

「長助恐るべし……」

一太郎の口から無意識の呟きが漏れ、

「ありゃあとんでもねえ化け物だ」

忠三郎も即座に同意した。

「どうする、忠さん？」

「あいつ、もしかしたら、俺たちに気づいてるのかもしれねえな」

「私もそんな気がするよ」

俺まで帰る道々、二人は真顔で話した。

「二人がかりなら、やれるかな？」

「なんだよ、人殺しが嫌いな一太郎坊っちゃんが、珍しく積極的だな」

「昔の仲間を、あれほど冷酷に殺せる男だ。化け物だよ、あいつは。化け物を放っておくわけにはいかないだろ」

「確かに」

一太郎の言葉に、忠三郎も同意した。

これまでは顔を合わせさえしなければ危険はないと思われたが、どうやらそうも言っていられなくなった。

(しかし、弓の名手とは厄介だな)

一太郎に不安を気取られぬよう注意しながら、忠三郎は密かに思案した。

ところが、忠三郎の思案は杞憂に終わった。

その夜から、長助は杣小屋から一歩も出なくなったのである。

四

長助が小屋を出なくなって数日が過ぎた。

「どうしたのかな?」

一太郎は忠三郎に問うた。

いつもなら、忠三郎の返答を待たずに己の想像を口にするのだが、このときは何故か気長に答えを待った。

想像するのが怖かったのかもしれない。

　それ故忠三郎が、

「死んだのかな」

　わざと冷ややかな声音で答えると、

「まさか……具合が悪くて寝込んでるんじゃないの？」

　一太郎はすぐにそれを否定した。

　目の前で大勢の者が無惨に死ぬのを見て以来、人の生き死にを軽々しく口にしたくはない。それ故最悪の想像を避けたのだ。

　寧ろ忠三郎があっさりそれに触れたことを、意外に思った。

「或いは、あのとき傷を負ったとか……」

「あの間抜けな奴らの中に、奴に傷を負わせるほどの猛者《もさ》がいたか？」

「………」

「なにか企んでやがるのかもしれねえ」

　忠三郎が無意識に口走った次の瞬間のことだった。

「ちょっと……いいかい？」

　聞き覚えのないかすれた声音で外から呼びかけられ、二人はともに凍りついた。

　庵のすぐ外に、奴がいる。

何日も外に出ていないということですっかり油断していたが、あれほど凄腕の男だ。長助のほうから攻撃してくることを、充分予期しなければならなかった。

いまのいままで、何故、それを怠ったのか。

（しまった！）

今更ながら、忠三郎は激しく悔いた。

だが、次の瞬間、一太郎が思いも寄らぬ行動に出た。

「長助…さんかい？」

裸足で庵の外に飛び出したのだ。

時刻は黄昏《たそがれ》時。

庵のすぐ外に、西日に照らされた長助が立っていた。得物など持たず、いまにも頽れそうな頼りない佇まいで。

「ああ、長助だ」

すっかり窶《やつ》れて苦しげな表情ながらも、長助は笑顔を見せた。

その表情からも言葉つきからも、僅かも敵意は感じられなかった。

「てめえ、なにしに来やがった⁉」

だが忠三郎は敢えて目を剝いて凄み、

「わざわざ殺されに来やがったのか」

一太郎を背に庇いながら懐《ふところ》あたりで得物をチラつかせて見せた。

「ち、違う……」

苦渋の表情のままに長助は言い、言うなりその場に頽れた。

両膝と両手を地面に突き、

「警戒しねえでくれ、て言っても無理な相談かもしれねえが」

死人のような顔色で、長助は懸命に言い募る。

「お前さんたちに危害を加えるつもりはないんだ」

「じゃあ、なにしに来たの？」

俺の縁先から飛び出して長助の間合いギリギリのところで足を止めた一太郎が、恐る恐る問いかける。

「お二人に、礼を言いに来たんだ」

「礼を？」

異口同音に、忠三郎と一太郎は問い返した。

「い…いままで、俺をこの山に住まわせてくれた……礼だよ」

長助の言葉が流暢に流れぬのは、息が荒れているせいだと、漸く気づく。

「長助さん、病んでるんだね？」

一太郎の問いに、長助は無言で頷いた。

それからしばしのときを経て、

「俺は、この山の麓の村で育ったんだ」

長助は遠い目をして言葉を継いだ。

「村の暮らしは貧しかったが、山に入って獲物を獲ることは厳しく禁じられてた。あの山にいる鳥はありがたい霊鳥だから獲ったりしたら、罰が当たるってよ。馬鹿な話だ。……それからまもなく、村は飢饉で全滅した。どうせ罰が当たるなら、霊鳥を食っておけばよかったと後悔したよ」

「それで長助さんは盗っ人になったの？」

「ああ、江戸に出たはいいが、江戸の市中は、俺たちみてえな食いつめ者でいっぱいだ。仕事もねえし、盗っ人にでもなるよりほか、生きる術《すべ》はなかったよ。……てめえの命がもう長くねえらしいと覚ったとき、無性に霊鳥ってやつが食ってみたくなってな」

「…………」

「可笑しいだろ？……ろくでもねえ一生を送ってきた悪党が、せめて最期は生まれ育った故郷の近くで死にてえと思うなんてよう」

「それで、鶴の肉は食べられたの？」

一太郎の問いに、長助は、今度は無言で首を振った。

「もうここには、鶴は来てねえんだな」

「雉や雁《かり》なら来てただろ」

苦《にが》い顔つきながらも、慰めるように忠三郎が言った。

「ああ、ガキの頃には食わせてもらえなかった雉を、思う存分食わせてもらったよ。美味《うま》かった」

「そうか。よかったな」

「よかったね」

異口同音に、二人は言った。

「小屋の中のあれ……あんたら、見たんだろ？」

「………」

一太郎と忠三郎は互いに顔を見合わせ、答えを躊躇う。

「いいんだ。あれは、あんたらへの礼だ。好きに使ってくんな」

「え？」

「この山は、元々江戸の偉いお侍様の持ち物で、猟師以外の者も、出入りを厳しく禁じられてた。……こんな人里離れたところを知ってるのは、土地の者以外では、持ち主のお侍だけだ。あんたら、お侍の身内か縁者なんだろ」

「だったら、なんだ？」

「俺がここに入ってきたとき、すぐに殺すこともできたろうに、そうはせず、棲むことを許してくれた。嬉しかった。何れ礼をしなきゃならねえって思ってたんだ」

「…………」

「おかげで、ガキの頃入りたくてたまらなかったお山の中で、好きなだけ食べたいものを食べて、人間らしい暮らしができたよ」

「はじめから、死ぬつもりでここへ来たのか？」

「金をくすねて一味を抜けたときには、もう少し長生きできるんじゃねえかと思ったんだがな。……てめえで思うより、短え寿命だったってわけだ、ははは……」

長助の虚しい笑い声はすぐに潰えた。

力無くその場に頽れて、それきりピクとも動かなくなった。最期の力を振り絞ってわざわざ頂まで登ってきたとしたら、存外律義な男である。

無意識に忠三郎の腕にすがっていた一太郎はしばし無言で立ち竦《すく》んでいたが、やがて当然の問いを発した。

「長助さん、死んじゃったの？」

一太郎の問いに、忠三郎はすぐには答えなかった。罠かもしれない。大切な若旦那を護っているという責任感からも、容易に動くことはできない。迂闊に手を出して刹那の反撃に遭わぬとも限らぬのだ。

それ故忠三郎は、長助の絶命を確信してからもなお暫《しばら》く、その死骸には近づかなかった。勿論、一太郎にも近づくことを厳しく禁じた。

すぐに葬ってやろうと一太郎は主張したが、実際に葬ったのは一日後のことだ。自然石を一つ載せただけの小さな墓は、杣小屋のすぐ側《そば》に作った。

二人が山を下り、長助が遺してくれた金を元手に商売をはじめたのは、それから数年後のことである。

最初の店は、上方に構えた。江戸ではまだ、《井筒屋》の惨劇を知る者がいるのではないかと警戒したのだ。

《高麗屋》と名づけたその店は、居抜きで買った小さな小間物屋だった。

「旦那様」

「やめてよ。一坊でいいよ」

一太郎は首を振った。

「そういうわけにはまいりません。あなたは今日からこのお店のご主人様。私は奉公です」

「忠さん――」

「その呼び方も、今日限りおやめなされ」

「なんで?」

「手前は、今日より忠蔵と名乗ります」

「忠蔵? なんか、堅いね」

「旦那様も、新しい名を名乗りなされませ」

「新しい名?」

「一家の主人が、一太郎では軽すぎましょう」

「そう言われても……」

一太郎はしばし困惑してから、

「じゃあ、東次郎ってのはどう?」

「東次郎?」

「今日はこうして大坂で店を出すけど、私は元々江戸の東夷《あずまえびす》だ。……太郎は死んだので、いまは次郎。だから、東次郎」

「常々思ってましたが」

「なに？」

「面倒くさいお方だ」

「駄目なの？」

「まあ、いいでしょう。東次郎様」

「忠さんのことは、ずっと忠さんて呼んでいいんだろ？」

「ご随意に——」

《高麗屋》は若い娘に的を絞った安価な品ばかりを扱ったことでそこそこ繁盛し、多少ながらも利益を上げた。それをこつこつと貯め込み、やがて江戸に出店するまで十年を要することになる。

五

「うわぁ～ッ」

東次郎は思わず飛び起きた。

己の声の大きさに驚いたのだと思ったが、では何故そんな声を放ったのか、自分でもわからない。

「旦那様」

すると、すぐ目の前に忠蔵がいた。心配そうに眉を顰《ひそ》めた顔が闇に息づいている。

「わぁ～ッ！」

東次郎は再度驚いた。

「大丈夫ですか、旦那様？」

「な、なんでいるの、忠さん？」

もとより寝室の中は真っ暗闇だが、東次郎は夜目がきく。

ちょうど飛び起きたところに忠蔵の厳《いか》つい顔があり、己を覗き込んでいるその目とまともに出会《くわ》すと、さすがに戦く。

「なんでって、旦那様の魘《うな》されてる声が聞こえたからに決まってるでしょう」

やや憤慨したように忠蔵は答えた。己の顔を見るなり、悲鳴をあげられたのだから、さすがにいい気はしないだろう。

「魘されていたか？」

枕元の燭《しょく》に灯を入れながら、東次郎は問うた。

「ええ、手前の部屋にまで聞こえてくるくらいの声で――」

「そんなに？」

東次郎は思わず問い返す。

東次郎の寝室は住まいの最奥、店の入口に最も近い忠蔵の居間からはかなり離れている。もし本当に聞こえたとすれば、相当な大声だ。

「ええ、聞こえましたよ」

「本当に？」

「嘘吐《つ》いてどうするんです」

「…………」

「怖い夢でも見てたんですか？」

「よく…覚えてない」

東次郎は無意識に首を振った。

確かに夢は見ていたような気がするが、いざ目が覚めてしまうと、まるで思い出せない。大声を出したのは、ふと目を覚ましたら、すぐ目の前に忠蔵がいたことに驚いたからに過ぎないのではないか。

「あれだけ大騒ぎしながら、覚えてないとは……ったく、いつもながら人騒がせなお人だ」

忠蔵は軽く舌打ちしたようだが、それでもなお部屋にとどまり、案じ顔で東次郎を見つめている。

「どうしたの？　なに見てるの？」

なお密かに戦きつつ、東次郎は忠蔵に問う。その厳しい眼光に出会すと、未だに少しく気後れする。しごかれた日々が甦《よみがえ》ってくるのかもしれない。

「顔色が悪いですね」

「そうかな？」

「本物の病人みたいですよ」

「部屋が暗いせいだろう」

気のない調子で東次郎は答えた。

忠蔵がなにを案じているのか、もとより東次郎にはわかっている。

お店が盗賊に襲われ、両親や奉公人たちが無惨に殺されてから、まだ子供だった東次郎は毎夜悪夢に魘された。眠ればあの折の悪夢を見てしまうため何日も眠れぬ夜が続き、食もすすまず、半病人のようになってしまった。あれから三十年にもなるというのに、忠蔵にとって東次郎は、あのときと同じひ弱な少年のままなのだ。

この上また昔の夢など見ていたと知れれば、またしても忠蔵は東次郎の身を案じ、心を痛めることだろう。

(見かけによらず、心配性なんだよな)

それ故東次郎はしばし黙り込んだ後に、

「ねえ、忠さん」

ふと口調を改め、忠蔵に呼びかけた。

「なんです？」

「はじめて出した大坂の店、覚えてる？」

「勿論、覚えてますよ。あれが《高麗屋》のはじまりだ」

「あの店出したとき、私はまだ十七、八の若僧だった。主人とは名ばかりで、全部忠さん任せにしてたっけ……」

「そうでもありません。あの頃はまだ商売に身を入れてました」

「忠さんと二人きりだったからね。私も店に出ないとはじまらないだろ」

「いまだって、店に出ていただきたいもんですよ」

「こんなくたびれた中年男が店にいたって、若い娘さんは歓ばないよ」

「若い娘は無理でも、長屋のおかみさんたちは歓びますよ。うちの客は若い娘ばかりじゃないんですよ」

「おかみさんたちは財布の紐が固いから、上客にはならないよ」

「上客にはならないかもしれませんが……」

「そんなことより――」

東次郎は強引に話を変えた。

「あの頃、精がつくとかいう理由で、毎日のように、私に生卵を食べさせたろう」

「旦那様は子供の頃から体が弱くて、すぐ熱を出してましたからね。生卵のおかげで丈夫になれたでしょう」

「なにが生卵のおかげだよ。蛇じゃあるまいし、あんなもの、人の食べるものじゃないよ。……だし巻きやふわふわにすれば美味《おい》しいのにさ」

「そんな軟弱な料理ばかり好むから、駄目なんですよ、旦那様は――」

「いまだから言うけど、あの生卵、忠さんに隠れて二つに一つは捨ててたんだぜ」

「え？」

「庭の梅の木の根元に穴を掘ってさ。片っ端から投げ入れてやったんだ」

「なんて罰当たりな真似を！」

忠蔵は忽ち顔色を変える。

「忠さんが悪いんだろ。料理するのが面倒なものだから、そのまま出してただけじゃないか」

「…………」

「嫌いなものは無理して食べたって、あとで腹痛起こすだけなんだよ」

「だからって、黙って捨てるなんて……」

忠蔵はなお不満げであったが、東次郎はやおら床から起き上がり、部屋を出ようとする。

「ちょっと、何処行くんです、旦那様？」

「厠《かわや》だよ」

東次郎は短く言い捨てた。

体内にとどまっていた悪夢の感覚も、漸く消えかけている。

第四章　新たな敵

一

「ご主人様はご在宅でしょうか？」

《多嶋屋》の後妻・富由と思われる女が、
　《高麗屋》の店先に訪れたのは、主人の東次郎が、病《やまい》に伏せってから三日目の申の刻過ぎのことだった。

　若い娘相手の商売では、大抵巳の刻から午《うま》の刻あたりがかき入れ時だ。昼を過ぎ、夕刻に近づくにつれ、次第に客足は減る。若い娘たちは夕刻までには帰途につくのだ。

　それを考慮した上で、最も客が少ない時刻を狙って来たのだろうということは、忠蔵にも容易《たやす》く察せられた。

（一坊が言ってたとおり、相当利口な女だな）

内心舌を巻きつつも、

「旦那様に、なんの御用でございましょう?」

できるだけ愚鈍な表情を装って、忠蔵は問い返した。

ひと目見て富由だと直感したものの、この時点で、富由は未だ何処《どこ》の何者とも名乗ってはいない。

自ら名乗ってもいない見知らぬ女を易々と主人に取り次ぐ番頭はいない。尤《もつと》も、名乗ったところで取り次ぐ気はさらさらなかったが。

「これは、私としたことがとんだご無礼を」

と一旦威儀を正して重々しく頭を下げてから、

「私は、日本橋箔屋町にて紙問屋を営みます《多嶋屋》の内儀《おかみ》で富由と申します。こちらのご主人様には、ひとかたならぬ御恩を被《こうむ》りましたので、本日はそのお礼を申しに参りました」

流暢に告げて、富由は更に深々と頭を下げた。所作の見事さに内心目を見張りつつも、忠蔵は少しも動じない。

「左様でございますか。それで、御用の向きは?」

「それはご主人様に直接お話しいたします」

再度愚鈍を装った忠蔵の問いに、富由はきっぱりと言い返した。武家の出らしく、凛としてとりつく島もない。

(だが、俺とて武家の出だ。侮《あなど》られる謂われはない)

忠蔵は内心激しく対抗意識を燃やしていた。

「実は、旦那様はいま病に伏せっておりまして、当分誰ともお会いにはなれません」

強い目線で挑戦的に忠蔵を見返してくる富由に対して、内心勝ちを確信しながら忠蔵は即答した。「病」で引っ込まなければ、「危篤」と言い換えてもいいと考えていた。

沈痛な面持ちで、

「既に医者にも匙《さじ》を投げられまして」

とまで言われたら、流石《さすが》に引き下がるしかないだろう。

この時点で、忠蔵は富由を侮り過ぎていた。武家の出で、多少武芸の心得があるとはいえ、所詮女子だ。大の男を前に、なにもできまいとタカをくっていた。

「主人には伝えておきます故、今日のところはどうかお引き取りくださいませ」

だが富由は、自信たっぷりな忠蔵の返答を聞くや否や顔色を変え、激しく身を震わせた。

「ま、まことに?……それはまことでございますか?」

「ええ」

富由の過剰な反応に内心戸惑いつつも、平静を装って忠蔵は頷いた。

「病でございますか？……《高麗屋》のご主人は、まこと病に？……ああ、なんということでしょう」

すると富由は、大袈裟に身を震わせ、声を震わせた。

「ああ、どういたしましょう……私のせいかもしれませぬ。……いえ、屹度《きっと》、私のせいでございます」

「………」

「東次郎様が病に罹られたのは、きっと私のせいでございます」

「いえ、うちの主人は日頃から病がちで、三日に一度は床に伏せるのが常でございます。決して御新造様のせいなどではございません」

どこまでも冷静に忠蔵は言葉を継《つ》いだが、

「ああ～ッ」

不意に富由は激しく身を震わせ、その場に両手を突いて頽《くずお》れた。

果たして、瘧《おこり》の発作か。

「い、如何なされました？」

富由の様子に、忠蔵はさすがに狼狽《うろた》えた。目の前で女に倒れられた経験など、齢《よわい》五十近くになるいまのいままでないに等しい。

「ご、ご気分が悪いのでございますか？……でしたらすぐに医師を呼びまするか？」

「そんな……そこまでしていただく筋合いは……」

と言い募りつつ、富由は懸命に自力で立ち上がろうとする。

「あ、ご無理をなさらず……」

慌てて口走りつつ、果たして手を貸すべきか否か、忠蔵は逡巡した。なにしろ相手は人妻だ。迂闊《うかつ》に人妻の体に触れたりしてよいものか。

「み、店先でよければ、しばしお休みくださいませ」

「いいえ……左様な真似をすればこちら様にご迷惑がかかります。駕籠《かご》を呼んでいただければ、すぐに失礼いたします」

「し、しかし、斯様《かよう》なとき、駕籠に揺られたりしては、却ってよくないのでは……」

「これは、持病の癪《しゃく》でございます。駕籠に揺られても大事ございませぬ」

「さ、左様でございますか？」

狼狽えた忠蔵は完全に判断力を失ってしまった。

「では、駕籠を呼んで参ります故、しばしお待ちくだされ」

忠蔵は自ら店を飛び出した。

いつもなら、伊助か卯之吉のどちらかは店にいるのだが、この日は伊助が外回り、卯之吉は忠蔵の命で《多嶋屋》の調べに出かけていた。丁稚の新吉は主人の世話を命じられ、今頃は東次郎の寝室の前で居眠りでもしていることだろう。

忠蔵が慌てて店を飛び出すのを見届けてから、富由はやおら立ち上がり、店から帳場に上がり込む。

広い狭いの違いはあっても、商家の造りなど、だいたい同じだ。上がり込んでしまえば、誰に尋ねずとも、主人の部屋くらいは易々と知れる。

武芸を身につけた者特有の足どりでつかつかと廊下をすすんだ。滑《すべ》るような摺《す》り足で、瞬《また》く間にその部屋の前に辿り着く。

（まあ！）

部屋の前に、十歳前後の小僧が寝転んでいたのを見たときは少しく驚いたが、

「ちょっと、丁稚さん、番頭さんがひどく怒ってましたよ」

肩を叩きつつ、そっと耳許に囁いてやると、

「ひぇッ！」

忽《たちま》ち飛び上がり、

「も、申し訳ございませんッ」

詫びるや否や、その場から去った。叱責されたからは兎に角動かねば、ということだろう。何処へ去るのか、富由の知ったことではない。

邪魔者を易々と去らせてから、富由は部屋の前に立ち、

「入りますよ、旦那様」

一応断ってから、ゆっくりと障子を開けた。

「お邪魔致します」

「やっぱり、来ましたか」

東次郎は笑顔で迎えた。

床の上に身を起こし、富由が来るのを待っていたかのようだった。

卯之吉ほどではないが、東次郎もかなり耳はよいほうだ。店先での忠蔵とのやりとりも、概《おおむ》ね聞こえている。

「存外お元気そうではありませぬか。お顔の色もよく、とても病人には見えませぬが」

嫣然《えんぜん》富由に微笑《ほほえ》みかけられ、東次郎は苦笑した。

「美女の訪問で動悸が速まり、顔が上気しているのですよ」

「噂どおり、お口もお上手です」

「貴女《あなた》にはかないませんよ。……思ったとおり、怖い人ですね」

「買い被りでございます。……茶屋ではまんまと逃げられました」

一日真顔に戻ってから、富由は再び笑顔を見せた。

極力平静を装ってはいるが、東次郎は内心恐々としている。

「あの日私を刺客からお助けくださったお方に行き着くのに、寧《むし》ろときがかかり過ぎたくらいでございます」

「行き着いた決め手はなんでしょう?」

「気になりますか?」

「ええ、とても。それと、今後の参考のために――」

東次郎の言葉にうっすら口許《くちもと》を弛《ゆる》めながら富由は言う。

「茶屋にあがったとき、貴方様の足袋《たび》裏が少しも汚れておられませんでした」

「………」

東次郎は絶句した。

まさか、足袋裏の汚れを確認するために、東次郎を出会茶屋に誘ったとは。

「足袋裏が汚れていないと、どうなのかな?」

だが東次郎はわざと空惚けて問い返す。

「大木戸の外はもとより、遠くから市中まで来るのに、足袋裏が汚れぬということは先ずあり得ませぬ。とすれば、御府内の、それもかなりご近所からおいでになられた、ということになります」

「確かに」

仕方なく、東次郎は頷いた。

「ですが、住んでるところが特定できても、それだけで、何故私が商家の主人だとおわかりになりました?」

「わかります。たとえどんなお姿でいらしても、商家の者には独特の匂いがいたします」

「…………」

無言で富由を見返しつつ、

(嘘だな)

東次郎は確信した。

路上で、東次郎の目が簪《かんざし》に釘付けになったときから、富由はその視線に気づいていた。おそらく、彼が富由のあとを尾行《つ》けていたことにも。

その後、《多嶋屋》の周辺に出没したところを見られたのだろう。あとを尾行けさせたか、自ら尾行けたかしたに決まっている。

救いの主よろしく刺客の凶刃から己を救いに現れた東次郎こそは、まんまと妖婦の蜘蛛《くも》の巣にかかった獲物に相違なかった。

（完全に、してやられた）

内心激しく舌打ちしてから、東次郎はふと首を傾げた。

「ところで、うちの番頭は？」

「駕籠を呼びに行っていただきました」

「なるほど」

東次郎は深く頷いた。

忠蔵の唯一といっていい欠点だ。いい歳をして、女に慣れていない。小間物屋の主な客層は女子なのに、だ。

（大坂の頃から、全然変わってないな）

忠蔵と二人だけで店をはじめた頃、東次郎が真面目に店に出ていたのは、人手不足で仕方なくという理由よりも寧ろ、忠蔵に接客をさせたくなかったからにほかならない。

厳《いか》めし過ぎるその面構《つら》えだけでも充分怖いのに、

「いらっしゃいませ。なにをお探しでございます?」

底低い声音で問いかけられたりしたら、気の弱い娘であれば泣き出してしまうかもしれない。

伊助と卯之吉を雇ってからは東次郎も楽ができるようになった。

毎月の新作発売日に店に殺到する娘の中には、簪ではなく、この二人をめあてに来る娘も少なからずいる筈だ。

(待てよ。それじゃあ、いま店は蛻《もぬけ》の殻か?)

東次郎が漸《よう》くそのことに思い当たったとき、

「ご安心ください。今日は供の者を伴って参りました。番頭さんがお留守のあいだ、店番をさせております」

まるで彼の心中を見透かしたかのように富由は言った。

「貴女が供を連れているとは珍しい」

東次郎も負けじと言い返した。

富由は得意先への挨拶まわりなどの外出時、供を連れず常に一人だ。そのため、地味で質素な装いのせいもあり、一見して大店の内儀とは思われない。難を避けるためなのかもしれないが、刺客にとっては恰好の的となる。

　或いは、先日の刺客の件があったので、若い手代でも連れて歩くようになったのか。

「供は、いつも連れておりますよ」

　ところが富由は意外なことを言う。

「え？」

「但し、少し離れているよう申し付けてあります。これ見よがしに連れていたら、貴方様のようなお方と出会えませせぬ」

「………」

「それに、店の者でもございませぬ。店の者は信用できませぬ故――」

「店の者でもない謎の供を連れて、お富由さんは私を殺しに来たのかい？」

　思いきって東次郎が問うと、

「まさか」

　富由はあっさり破顔した。

　例の、大輪の牡丹の如き笑みである。

「私は、ただ恩人のあなた様を訪ねてきただけでございます。……それに供の者は、実家の父に仕えていた中間《ちゅうげん》で、信頼のおける者です。断じて怪しい者ではございませぬ」

「では、その信頼のおける者をお連れになり、何用にてこちらに？」

「ちょっとしたお願いでございます」

「…………」

東次郎は無言で富田の顔を見返す。

通常ちょっとしたお願いといえば、せいぜい、団子《だんご》か饅頭《まんじゆう》でもおごってくれという程度のものだ。それですむなら、十個でも二十個でも馳走してやる。だが、

「ここまで訪ねて参りました女の一念に免じて、お聞き届けいただけませぬか？」

艶《つや》やかな目つきで東次郎を見つめる富田の口から飛び出すのは、蓋《けだ》し物騒な言葉であろう。

「二人で組んで《多嶋屋》の身代を奪う話なら、きっぱりお断りした筈ですよ。私は、この店くらいの商売で精一杯。身の丈以上のことは望みません」

注意深く東次郎は答えたが、

「あれは冗談でございます。まさか、本気になさいますとは。それに、あの折貴方様は最後まで話を聞かずに帰ってしまわれました。……女子に恥をかかすものではありませぬ」

立て板に水で言い返すなり富由は、はじけるように声をたてて笑う。

(やっぱり、この女は化け物だ)

大輪の牡丹の如き妖艶な笑みとは正反対に、町場の小娘が見せる無邪気な笑いに、東次郎は一層警戒を強めた。これほどさまざまな貌《かお》を持つ女が、果たして本当に堅気の商家の御新造なのか。

東次郎は正直そら恐ろしくなった。

(そもそも忠さんは何処まで駕籠を呼びに行ったんだよ)

頼みの忠蔵はまんまと女の策に嵌《はま》り、当分戻ってくる気配はなかった。

富由にけしかけられた新吉が何処へ走って行ったかは定かでない。たとえ戻ってきたとしても、暇をやって安房の実家へ帰すかどうか、じっくり思案せねばなるまい。

「まったく、なんて女だ」

その日は夕餉《ゆうげ》の時刻になっても、忠蔵は機嫌が悪かった。

それもその筈、同じ町内の駕籠屋は生憎《あいにく》出はらっていて、二つ先の町まで足を運んでいたのだ。足を運んでしまってから、それが女の詐術だと気づき、引き返したときにはもう遅い。

その帰路で、何処へ行くというあてもなく店を飛び出してきた新吉と奇跡的に出会《くわ》した。

「新吉じゃないか！」

「あ、番頭さん」

「お前、こんなところでなにしてる？」

忠蔵は怖い顔で新吉を問い質《ただ》した。

「さては、また怠けてやがったな」

「ち、違いますッ！」

新吉は夢中で首を振った。

「番頭さんが呼んでるって言われて……番頭さんを捜してたんです」

「私を捜すなら、普通は店の中を捜すもんだろ。なんでこんなところをうろついていやがる」

「店の中も捜しました。そしたら……店先に見たこともない男がいて、怖くて逃げてきたんです」

「見たこともない男だと？」

忠蔵は訝《いぶか》り、足早に店に戻った。

無論その頃には富由は既に供の者とやらを連れて店を去り、店先にはポツンと一人東次郎が佇《たたず》んでいた。

「旦那様?」

忠蔵は怖々と東次郎に呼びかけた。

無意識にそうならざるを得ないほど、その顔色は悪く、死人のようであった。

「今宵の夕餉は私が用意しよう」

だが、酉の刻過ぎにふと思いついたように言い出し、一心に料理に集中するうち、次第に血の気を取り戻していった。

料理に熱中しているようで、実は別の思案をしていたのだろう。

やがて、東次郎の得意料理であるふわふわ玉子と棒鱈《ぼうだら》の煮付けができ上がる頃には、常の顔色を取り戻している。

「たくさん作ったから、伊助と卯之吉もおあがり」

と誘うと、二人は歓んで食べた。

通いの独り者は、毎日の食事に腐心している。馴染みの飯屋で、飯と味噌汁とたくあん二きれという最安価の食事ですませても二十文。居酒屋で美味《うま》い酒肴を一、二品と酒を二合も呑めば六十文は下らない。居酒屋はたまの贅沢としても、店で出される食事は、たとえ料理下手《べた》な忠蔵が作ったものでも有り難かった。

元々二人は、長らく店に寝泊まりしていた。

三十を過ぎて、世間的にも手代という扱いになったため、否応なく通いにされてしまったが、実のところ、奉公人が増えたわけでもなく空き部屋があるのだから、いまでも店に寝泊まりさせてほしいと思っている。十日に一度でも東次郎の美味い食事が食べられれば、あとの九日は忠蔵の粗雑な賄《まかな》いでも我慢できる。

「お腹一杯食べたかい、新吉？」

台所でおかわりのご飯をよそってやりながら東次郎が問うと、

「はい。もう、お腹一杯です」

新吉は答えた。が、

「なら、今夜はもう二八蕎麦を食べに行ったりはしないね？」

「…………」

東次郎の問いには、新吉は答えられなかった。真っ正直な生まれつきなのだ。

毎日いただく賄いの食事は充分美味いし、不足はない。だが、丁稚小僧には些《いささ》か贅沢な十六文の蕎麦を、せめて五日に一度くらい食べたいと思うのは、おそらく空腹とはまた別の理由があってのことだろう。

「しょうがないね」

東次郎は軽く嘆息し、それ以上は追及しなかった。

蕎麦屋の親爺が、新吉と同じ安房の出なのだということを、その後東次郎は偶然知った。親許を離れ、他人に囲まれて暮らす孤独に耐えるにはまだまだ幼い新吉だ。東次郎が如何に優しい主人であろうが、新吉にとっては結局雇い主に過ぎない。たまに同郷の親爺と話をしたい、と思ってしまうのは、仕方のないことだろう。

二

「それで、あの女は旦那様になにをさせようっていうんです?」

夕餉の後、東次郎と忠蔵は、例によって隠し部屋で額をつきあわせた。

「九右衛門が、昔盗賊だったことを証《あか》し立てしてほしいそうだ」

存外すっきりした様子で東次郎は答えた。答えねば、話が進まない。

「え?」

当然忠蔵は訝った。

「どういうことです?」

「九右衛門は盗賊あがりで、《多嶋屋》の身代は盗っ人の頃の稼ぎで成り立ってるらしい。富由は、それを暴《あば》きたいそうだ」

「…………」

忠蔵はしばし絶句してから、

「九右衛門が盗賊あがりだというのは想像どおりだとしても、まさか女房の口からそんなことを言い出すとは。……怖い女ですね」

恐れを隠さぬ顔で述べた。

忠蔵の反応には無関心な様子で東次郎は言葉を継ぐ。

「はじめから、すべて承知の上で《多嶋屋》に嫁いだそうだ」

「わかってて嫁いだなら、それでいいじゃないですか。なんで今更盗賊だったと証し立てしなきゃならないんですよ。……そもそも、どうやって証し立てするんです？」

「『藤桜』だよ」

あきらめ顔に東次郎は言い、嘆息する。

「『藤桜』の持ち主として私が現れれば、九右衛門とて、平静ではいられまい、と」

「…………」

「私が、『この簪を何処で手に入れた？』と問い詰めたら、或いは焦って、あれこれ口走るかもしれない、と富由は言ってる」

「ですが、九右衛門が盗賊だったことを暴いて、あの女になんの利があるっていうんです？」

「わからないよ、そんなこと。……けど、人は常に利のためだけに生きるわけじゃないだろ」

「女は普通欲深いもんでしょう」

「さあ……兎に角あの女の場合、なにを企んでるのか見当もつかない」

深い嘆息とともに述べてから、東次郎は一通の書状を取り出す。

「詳しくはこの書状に認《したた》められてるが、なんでも、お富由は子供の頃に一度、盗賊の九右衛門と出会ってるらしい」

「なんですって？」

忠蔵は素直に驚き、だがすぐ真顔に戻ると、

「盗っ人は普通、貧乏旗本の屋敷には入らないでしょう」

至極当然のことを言った。

「母方の実家が上野の呉服商で、かなり裕福な家だったらしい。母親の里帰りに随《したが》ってお店に泊まった夜、盗賊に襲われたそうだ」

東次郎の言葉を聞きながら、忠蔵は書状を手にとった。

開いてみると、書面は東次郎が口にした富由の生い立ちが詳しく書かれたものと、事が成った暁には、簪を必ず東次郎に返すという約定が認められたものの二通あった。

ともに、流麗な女文字で認められている。

「強《したた》かな女ですね」

読み終わると、忠蔵は大きく嘆息した。

「ここまで話した以上、まさか逃げはしないだろうと言わんばかりの内容だ」

「あ〜あ、とんでもないのにひっかかっちまったなぁ」

長嘆息し、東次郎はその場に身を横たえる。

「それで、どうするつもりです？　女の言いなりになるんですか？」

「まさか」

横たわったままで、東次郎は苦笑した。

「それに、もし仮に私が『藤桜』の持ち主だと名乗り出て騒ぎたてたとしても、『左様でございますか。手前は、たまたま古道具屋に売られていたのを見かけまして、買い求めただけでございます』とでも言い逃れられたら、それでおしまいだ」

「女はそれで納得しますか？」

「するしかないだろ。……そもそも、私が『藤桜』の持ち主だと主張するのも無理がある」

「それじゃあ――」

「富由の狙いは、わざと無茶な方法を主張して私にそれを否定させ、『ならば、もっとよい方法がありますか？　あるならご教示ください』という具合に、私をどっぷり引き摺《ず》り込むことだよ」

「最悪ですね」

「ああ、最悪だ」

即座に同意しながらも、東次郎の顔色は夕餉の前よりは格段によくなっている。唇《くち》辺《べ》には、うっすら笑みすら滲んでいた。

「いっそ、暫《しばら》く江戸を離れようか？」

「なるほど、その手がありましたか。……どうせこの店も頭打ちだし、いっそ畳んで、しばらく長崎にでも潜伏しますか？」

忠蔵も思わず同意した次の瞬間。

「そ、そのときは、俺たちも連れてってくださいッ！」

「連れてってくれますよね？」

不意に隠し部屋の扉が開いて、伊助と卯之吉が飛び込んできた。隠し部屋の床は、床の間よりも一段低くなっている。それ故飛びおりるなり、二人とも必死の表情で、隠し部屋の畳縁《べり》に両手をつく。

その勢いで、東次郎の背後にあった燭《しょく》の灯が激しく揺れた。

「なんだお前ら、盗み聞きなんかしやがって！」

「怒るなよ、忠さん」

忽ち激昂しかける忠蔵を、東次郎は宥《なだ》めた。

「私たちの今後を左右する大事な話をするのに、二人を呼ばなかったのが悪い」

「それは…そうですが……」

「私たちは、常に一蓮托生だ」

「旦那様！」

「勿論、連れて行くよ」

東次郎は言い、

「逆に聞くが、私たちについて来てくれるのかい？」

伊助と卯之吉に向かって問うた。

「行きます！」

「行きますッ」

異口同音に、二人は応じる。

「曲がりなりにも繁盛してる店を失って、また一から出直しかもしれないのに？」

「はい、歓んでッ！」

「この先どうなるかもわからないのに？」

「旦那様と番頭さんと一緒なら！」

「どうだい、忠さん？　こんなお馬鹿さんたちを、ほかしていくわけにはいかないだろ？」

「ええ」

渋い顔つきながらも、忠蔵は仕方なく肯く。

「でも、まあ、もう暫くは、江戸にいるよ」

「え？」

今度は忠蔵、伊助、卯之吉の三人が、異口同音に問い返す。

「だって、癪だろう。たかが女一人に手玉にとられて、夜逃げ同然に江戸を去るなんてさ」

「それはそうですが……江戸にいる限り、あの女につきまとわれますよ」

「そうは言っても、いまはまだ、富由と私の立場は対等だよ。だからこそ、富由は書状を認めてきた」

存外明るい顔つきで東次郎は応じた。

「ですが、書状にはなんの意味もないと旦那様もご承知なのでしょう？」

「確かに、書状にはなんの意味もない。だが、こうして質草を差し出してくるところをみると、富由は是が非でも私を引き込みたいのだろう。それがあの女の弱味だ」

「そういうことになりますかね？」

もとより忠蔵は半信半疑だ。

「そうだよ。そうじゃなきゃ、わざわざ手間暇かけてこんなもん認めてこないさ」

「こんなの、どうせ嘘八百でしょう」

「嘘八百でもなんでも、こいつはお守りだ」

「お守り？」

「いざというときは、貞淑でとおっている《多嶋屋》の後妻が、情人宛に送った付け文だという触れ込みで、読売にでも売り込んでやる」

「馬鹿な……」

「馬鹿なことが、いつしか真実として世に知られるようになる。それは富由も承知している。承知した上で、この書面を認めてきたんだ。つまり、覚悟の表れだ」

と言い切ってから、東次郎はしばし口を閉ざして考え込む風情をみせた。

（実際には、考えてるのか考えてないのか……）

忠蔵には一見して判別がつかなかった。

「それで、これからどうするつもりなんです？」

判別のつかぬことに関してそれ以上思案しても無駄だと諦めた忠蔵が、煙管《きせる》に火を入れながら問う。

「女の言いなりにはならぬにせよ、九右衛門のことは調べるつもりなんでしょう」

言いざま忠蔵は深く吸い込んだ。

「ああ、調べるよ。富由の思惑とは別に、これは私の仕事だ」

「とはいえ、九右衛門が盗賊だとわかれば、いよいよ旦那様の敵《かたき》決定ですな」

「そうだな」

無意識に肯いてから、東次郎はふと伊助と卯之吉を見た。

「お前たち、聞いてたな？　明日から交替で《多嶋屋》を見張っておくれ」

「はい」

異口同音に、二人は答えた。

三

店の名は、《山里《やまさと》》。

厨《くりや》のまわりをぐるりと仕切り台で囲い、台のまわりに床子《しょうじ》を並べただけの簡素な店だが、大抵いつも満席だった。

頭《かしら》の役宅に近いこともあり、火盗改の同心たちの溜まり場になっているのだ。

それ故忠蔵はさり気なく店の前を往復し、いまは店内に目的の人物が一人きりであることを確認してから暖簾《のれん》をくぐって中に入った。

「いらっしゃい」

酒を温《あたた》めていた親爺が、顔もあげずに迎えてくれる。

年の頃は六十がらみ。白髪が目立つため老けて見えるが、存外見た目より若いのかもしれない。愛想はないが、厨《くりや》の中ではてきぱきと要領よく動き、どんなに混んでいても、注文が滞《とどこお》ることはなかった。

「なんだ、お前か」

仕切り台の前で手酌で呑んでいた目的の人物は、チラッと顔をあげて忠蔵の顔を見た。

「なんだとはご挨拶だな、与力の旦那」

愛想笑いをしながら、忠蔵は彼の隣りに座る。

「俺にも一本つけてくれ」

厨の親爺に注文してから、

「だいぶお疲れのご様子ですね、旦那」

忠蔵はその黒羽織の武士に話しかけた。

「今日は一人だ。その気持ち悪い話し方はやめてくれ」

武士——火盗改方与力・佐々岡蔵人は僅かに苦笑した。

いつもならまわりに部下の同心たちがいて、町人の忠蔵が佐々岡とため口をきくのを奇異に思うだろうからと気を遣って敬語で話すため、すっかり癖になっている。

「お頭のおぼえもめでたい与力の旦那が、こんな早い時刻から、なんだって一人で飲んでるんだ?」

「昨夜大捕物があったんだよ」

「昨夜?」

「近頃の若いやつは駄目だ。てんで使いものにならねえ」

「火盗の同心になるくらいなんだから、そうでもねえだろ」

「いや、全然駄目だね。昨夜の盗賊も、半分以上とり逃がしちまった」

「そりゃあ、鬼の蔵人の目から見たら、頼りなく思えるんだろうが」

「まったくなぁ」

佐々岡は即座に同意し、すぐに言葉を続ける。

「こんなとき、お前がいてくれたらと思うよ。なんだって商人なんかになっちまったんだ」

「今頃なに言ってやがる」

「お前ほどの腕があれば、火盗でもすぐに出世したぞ」

「いくら腕が立ったって、俺は三男坊だ。兄貴二人が死なねえ限り家督は継げねえってことは、お前だって百も承知してんだろうが」

「………」

「商人になって、心底よかったと思ってるよ。侍みてえに、余計な柵《しがらみ》がねえからな」

「だからって、お前ほどの男が、よりによって商人とは……」

「まあ、一献捧げさせてくれ。……俺たちみてえなか弱い庶民を悪党から護ってくれてる与力の旦那に――」

親爺が運んできた徳利の首を摑むと、忠蔵は些か芝居がかった所作でそれを佐々岡の猪口に注いだ。

「ああ、いただくよ」

同じく芝居がかった様子で佐々岡は猪口を持ち、恭《うやうや》しく顔の前で拝む真似をしてから、ひと息に飲み干す。そのとき、二人は無言で笑いあった。

ともに、悪びれもせず夢を語り合った悪童の頃の笑顔であった。

「ところで、お前んとこのお店も、近頃評判なんだろ。若い娘が目の色変えて買いに来るって話じゃないか」

しばし後、ふと口調を変えて佐々岡が言う。

「いや、うちなんざ、ほんの小商いだ。客の殆どは若い小娘だよ」

「それでも一応用心してくれよ。……まあ、お前がいれば間違いはないかもしれねえが」

「なにを用心するんだよ？」

「この数年なりを潜めてた《羅刹《らせつ》》の一味が、どうやら江戸に舞い戻ってるらしい」

「《羅刹》の一味？」

「《羅刹》の鬼吉《おにきち》ってえ極悪人が率いる盗賊一味だ。やり口は残忍で、女子供まで皆殺しにする。目撃者を一人も残さねえから、証拠が殆どねえ」

「証拠がなにも残ってねえのに、なんで、一味が江戸に舞い戻ってるらしい、ってわかるんだ？」

「火盗をなめてもらっちゃ困る。特別な情報網があるんだよ」

「特別な？」

「盗っ人あがりを密偵に使ってる」

酔いがまわっているのか、佐々岡はいつにもまして口が軽かった。

「盗っ人あがり？」

「ああ、盗っ人のことは盗っ人に聞くのが一番手っ取り早えからな」

「なるほど」

と感心した表情で、忠蔵は佐々岡の猪口にまた酒を注ぐ。

「その密偵がな、《羅刹》一味の小頭《こがしら》と面識があるそうで、数日前に市中で見かけたって報告があったんだ」

「小頭を？」

「ああ、盗っ人一味ってのは、先ず小頭が率先して仲間を集め、狙ったお店の下調べをするんだ。手下を、奉公人としてお店に送り込んだりしてな。蔵にはいつもどれくらい金があるか、寝泊まりしてる奉公人の数とかを、調べあげるんだ。で、ある程度調べがついたところで決行の日取りが決まる。お膳立てがすんだ頃、お頭様は悠然と江戸入りだ。赤穂《あこう》浪士と同じやり方だな」

「盗っ人と一緒にするな。赤穂浪士に怒られるぞ」

忠蔵は渋い顔で言い返したが、佐々岡は一向《いっこう》平気だった。

「ははは……違いねえ」

と声をたてて笑った佐々岡の顔は、完全に酔漢のものでしかない。

「飲み過ぎですよ、旦那」

厨から低く声をかけた親爺の目がふと鋭さを帯びたように見えたのは、決して錯覚ではあるまい。

(さては、この親爺も火盗の密偵だな)

忠蔵は漠然と察して密かに戦《おのの》いた。

もとより、忠蔵は何度もこの店を訪れ、親爺とも顔見知りだが、盗っ人あがりの密偵の目には、果たして己はどう映っているのか。或いは、佐々岡が夢にも知らぬその裏の顔まで見抜かれているのではないかと思うと、ゾッとせずにはいられなかった。

佐々岡蔵人と忠蔵とは、互いに信之介《しんのすけ》、忠三郎という幼名で呼び合った頃からの、まさしく竹馬の友であり、道場でも学問所でも互いに競い合う仲だった。

しかし、三百石の旗本家の跡取りである佐々岡と、同じ石高でも部屋住みの冷や飯食いである忠蔵とでは、はじめから進む道が違っていた。

「武士を捨てて、商人になるだと？　冗談も休み休み言え！」

十八になったばかりの年、道場を辞めると告げた忠蔵に、佐々岡は激昂した。

「お前ほどの男が、なにを言っている、忠三郎ッ」

「昨年兄上に子が生まれた。次兄は既に婿入り先を決めた。俺の居場所は、もうどこにもない」

「お父上は、まだ慶一郎《けいいちろう》殿に家督を譲られてはいない。そうである以上、誰がお前を邪魔者扱いするか」

「邪魔者扱いされずとも、いたたまれぬ空気というものがあるのだ。後継ぎとして、常に屋敷の中心にいたお前にはわかるまいが」

「ああ、わからんッ」

佐々岡は更に激昂する。

「わからなくていい。もう、決めたのだ、信之介」

「だったら、うちへ来い、忠三郎」

つと、佐々岡の顔が明るくなった。

「え?」

「我が家なら、お前一人居候させるくらいの余裕はあるぞ。屋敷に居たたまれぬなら、うちへ来ればよいではないか」

「それは……」

忠蔵は絶句した。

同時に信之介の友情にも大いに感謝していた。

「有り難い話だが……」

内心では感謝しながらも、

「だが、仮にいまお前の厄介になったとして、その先になにがある?……一生お前の草履《ぞうり》取りでもするのか?」

敢えて憎まれ口をきいた。

その途端、佐々岡信之介は忠蔵——当時は忠三郎の胸倉をやおら摑んだ。

「忠三郎ッ」

「なんだよ……苦しいだろ」

「殺すぞ、貴様ッ」

「殺せ。それでお前の気がすむなら」

「…………」

佐々岡は無言で手を離した。

忠蔵も無言で佐々岡に背を向けた。

「それにな、お前は商人を卑しい、つまらぬ存在と思っているのだろうが、それは違うぞ」

「どう違う?」

「武士には、金銭を生み出す術はない。だが、商人ならば、己の才覚でいくらでも金銭を生み出せる。商人が生み出す金銭によって、皆が豊かになれる。素晴らしいとは思わぬか?」

「思わぬッ」

と激しく撥ねつけた佐々岡信之介の満面は紅潮し、その両目には涙が滲んでいた。

「いまはわかってもらえずともよい。だが、十年二十年経ったとき、俺は商人として、必ず成果を出す。お前が信じる武士の世を、俺の稼いだ金で支えてやる」

言いおいて、忠蔵は佐々岡に別れを告げた。

己の先行きについては、既に決意を固めていた。相談ではなく、報告をするつもりで信之介に話したのに、予想以上に反駁された。己の決意のすべてを否定されたことが、なにより悲しかった。信之介の中に、武士以外の選択肢がないことは充分承知していたが、ここまで頭ごなしに否定されると、さすがに腹が立った。友ならば、何故わかろうとしてくれないのか。

忠三郎——忠蔵が何故武士を捨てて商人になろうと決意したか、友であれば、そこを訊いてほしかった。だが信之介はそこまで掘り下げることをせず、ただ、武士を捨てると言う忠蔵を一方的に非難した。

《井筒屋》の主人・清右衛門《せいえもん》——東次郎の父に男惚れした経緯など、無二の友である信之介に話したいことは山ほどあったのに。

（わかってもらえなかったか）

友と歩んだ十数年の月日がすべて無に帰した、と思える瞬間だった。

その後実家と絶縁して廻船問屋の《井筒屋》に奉公するようになった忠三郎こと忠蔵と、佐々岡蔵人が顔を合わせることはなかった。

三十年近くぶりに顔を合わせたのは、上方で稼ぎ、長崎でしばし学んだ忠蔵と東次郎が、江戸に店を出してからのことである。

「生きていたのか、忠三郎ッ」

顔を合わせた瞬間、長いときを経て、互いに人相など一変している筈なのに、佐々岡は忠蔵を見出《みいだ》してくれた。

あんな別れ方をしていても、矢張り無二の友に変わりはなかった。

「本当に、商人になったんだな」

忠蔵を見つめる眼には、若い頃のような険しさはなく、そのことを責めている様子もなかった。

「それに、元気そうだ」

心から懐かしんでくれていた。

「お前も……」

言いかけた言葉は中途で途絶えた。忠蔵は忽ち胸が熱くなり、しばらくは言葉を続けることもできなかった。

四

「メジロに餌をやっておくれ、新吉」

縁先の鳥籠《とりかご》をぼんやり見つめながら東次郎は言った。

「やりました。まだ一杯残ってます」

主人の居間の前の廊下を拭き掃除しながら、新吉はあからさまな不満顔で言い返した。

完全に、東次郎のことを侮っている。

「よく見てみろ。殆ど食べ終えた皮ばかりだから」

「え？」

新吉は、仕方なく言われるまま鳥籠の中の餌皿を調べると、確かに東次郎の言うとおり、餌皿に残っているのは赤い山査子《さんざし》の実の皮ばかりで、果肉は器用に啄《ついば》まれている。

「よく食べる鳥だなぁ」

新吉はぶつくさ言いながら、餌である山査子の実をとりに厨へと向かう。

「メジロ」と呼んではいるが、籠の中の小鳥は緑がかった背に暗褐色の羽を持つ、一見メジロによく似た小鳥である。よほどの分限者《ぶげんしゃ》でなければ、本物など手に入らない。数年前、忠蔵が山に入って捕まえてきた野鳥だ。

もうすっかり人に馴れてしまったので、最早《もはや》野に放つことはできない。

(あれからもう三日にもなるが……)

忠蔵からは未だなんの報告もない。

忠蔵が自ら手をつけていて未だに何一つ摑めていないとは考えにくいので、仕入れた情報をどう東次郎に告げるべきかを思案しているのだろう。

(だとすれば、相当面倒なことになっているのだろうな)

皆の前では大口を叩いたが、日がな一日メジロの鳥籠を眺めているうちに、すっかり弱気になっている。

(矢張り、江戸を引き払うべきか)

と思い悩む東次郎に、それから数日後、忠蔵は意外な報せをもたらした。

「大変だ、旦那様」

「なんだい？　九右衛門のこと、なにかわかったのかい？」

わざと白々しく問い返す東次郎に、

「九右衛門どころじゃねえよ。《羅刹》だ」

厳しい表情で忠蔵は告げる。

「《羅刹》？」

「《羅刹》の鬼吉一味が江戸に集まってきてる。近々江戸でひと仕事するつもりらしい」

「《羅刹》の鬼吉一味って、名前のとおり、情け容赦のない盗みをする鬼畜のような連中だろう。確か、人別帳のはじめのほうに名前があったたな」

記憶を手繰《たぐ》りながら東次郎は応じる。

「ああ、そうだ。奴らに狙われたら、それこそ一人残らず皆殺しの上、草一本残さねえと言われてる」

「その《羅刹》一味が、どこのお店を狙ってるの？」

「それはまだわからない」

「火盗が目を付けてるってことは、相当計画が進んでるってことだよね？」

ネタもとが火盗であるということは、無論東次郎にも容易に察せられる。

「なのに、押し込み先が未だにわからないの？」

「候補のお店は、一軒じゃないんですよ」

「そうなの？」

「当たり前でしょう。もうかっていそうな大店の中から二〜三軒、狙いをつけて、それから徹底的に調べあげるんです。《羅刹》の小頭ほどになると、江戸の主な大店の事情は承知しているでしょうからね」

「ふうん、そうなんだ」

東次郎は気のない返事をする。

正直なところ、《羅刹》一味などに興味はなかった。忠蔵が何故わざわざそんな情報を東次郎の耳に入れるのか、気が知れない。

「火盗の調べに間違いがないなら、奴らは先ず、小頭を中心に仲間を集めて狙いを定め、引き込み役をお店に送り込むんです」

「それで？」

「金蔵の中の有り金から奉公人の人数まで、引き込み役がすべてを調べあげたところで、押し込みの日取りが決まる。お頭の鬼吉が江戸入りするのは、押し込みの日取りが決まってからです」

「へぇえ、赤穂浪士と同じやり方なんだね」

「………」

佐々岡の戯《ざ》れ言と同じ言葉を東次郎が口にしたため、忠蔵はさすがに絶句した。

「感心してる場合じゃありませんよ、旦那様」

だが、すぐに気を取り直して言い募った。

「《羅刹》の鬼吉一味、《唐狐》の獲物には不足はねえでしょう」

「え？」

東次郎は意外そうに忠蔵を見返した。

完全に、虚をつかれた顔つきだ。

「………」

「《羅刹》の鬼吉一味は、人の命を屁とも思わねえ鬼畜同然の奴らなんですよ。そんな奴らを獄門送りにしねえで、どうするんです？」

「ちょ、ちょっと待って、忠さん――」

慌てて言いかける東次郎を黙殺し、

「盗っ人を化かして上前《うわまえ》を掠《かす》める《唐狐》が、こんな鬼畜どもを逃がしてどうするんです。放っておけるわけがないでしょう」

忠蔵は強く主張した。

あまりにも揺るぎないその口調と顔つきに、東次郎は容易く圧倒された。

「本当に、《羅刹》一味をやるの？」

「やらねえでどうするんですよ」

忠蔵の言葉つきはどこまでも厳しい。

「で、でも、ついこのあいだ、《夜嵐》一味をやったばかりだよ。……あんまり立て続けにやったら、足がつくだろう？」

恐る恐る、東次郎が問い返すと、

「それはそうですが」

消極的な東次郎を訝りつつも、

「《羅刹》の鬼吉の悪辣さときたら、《夜嵐》の比じゃありませんよ」

忠蔵はなお強い語調で主張する。

「そもそも、《夜嵐》は家人を眠らせて盗む連中です。眠らせるだけで、殺してはいない」

「だから？」

「だからこそ、《羅刹》一味をやってやらなきゃならないんです」

「それは…そうかもしれないけど……」

東次郎の反応は曖昧だった。

「なんです、旦那様？　まさか、今更、怯えてるんですか？」

「違うよ。……ただ、いまは《多嶋屋》のこともあるし、あんまり派手な真似はしないほうがいいんじゃないかと……」

「情けない」

くどくどと言い訳する東次郎を、忠蔵は厳しく両断した。

「要するに、《羅刹》が怖くて怯えてるだけでしょう」

「怯えちゃ悪いか？」

これには東次郎もムッとして開き直る。その膝の上には、古びた冊子がのっている。

「人別帳の記述によれば、首領の鬼吉の他、一味には凄腕の小頭が三名いる。仕手の鋭さからみて、ただ者ではない、って書かれてた。手下の数は、最盛時で百人前後。……そんな奴らと、まともに渡り合えるのかい？」

「《羅刹》の鬼吉については、謎に包まれてますからね。ですが、手下の数が百人は、さすが盛りすぎでしょう。そもそも、百人が同時に押し入れる筈もなし――」

「…………」

「《羅刹》一味こそ、《唐狐》が化かすべき敵ですよ」

東次郎は一旦口を噤《つぐ》んだが、忠蔵の勢いはなおやまない。

「そんなに、やりたくないんですか？」

忠蔵は鋭く問いかけた。

「別に、やらないとは言ってないだろ」

「じゃあ、やるんですね？」

「私たちがやる前に、火盗がお縄にするかもしれないだろ」

「そりゃあ、無理でしょう」

東次郎の言葉を、忠蔵は即座に否定した。

「どうして？　そもそも、《羅刹》の小頭が江戸にいるって情報も、火盗からもらったんだろ」

「火盗がいち早く情報を摑めるのは、有能な密偵のおかげです。ですが、いざ捕り物となれば、密偵の出る幕じゃありません」

「密偵が有能なら、同心や与力だって有能だろう」

「さあ、それはどうですかね」

忠蔵は唇辺を弛めてニヤリと笑った。

お世辞にも善良とは言いかねるその笑顔を見て、東次郎は一層不安にかられた。

それから更に数日、忠蔵がどういうやり方でなにを調べていたのか東次郎は知らない。興味もなかった。

「兎に角、《羅刹》一味の狙いを突き止めて、奴らを獄門送りにしねえと――」

との宣言どおり、《羅刹》一味について嗅ぎ廻っていることは間違いあるまい。

（どうしてもそこに手を出す気か）

心の声を押し殺しながら、東次郎は内心兢々《きようきよう》としていた。

（こんなことなら、さっさと江戸からずらかればよかった）

と後悔したところで、もう遅い。

五

「なにか変わったことはあったか？」

幅の大きな藍弁慶《あいべんけい》をやや着崩した遊び人ふうの姿で昼間からチビチビと独り酒をしていた伊助の向かいに座るなり、忠蔵は問うた。

《多嶋屋》の店前を一望するにはお誂えの泥鰌屋であった。一階は食べ立ちの客が多く、長居しづらい雰囲気だが、二階の客は泥鰌鍋を食べる前に気の利いた肴《さかな》である程度酒を楽しんでから締めに鍋を食べて帰るという呑兵衛ばかりだ。宴会の予約などが入らぬ限り、客の数は少なく、静かなものだった。

「それが……」

伊助は手にした猪口を置き、半開きにした背後の障子を目顔で示しながら、

「この数日で、家族と奉公人の顔はだいたい覚えたんですが、今日になって、いままで見かけなかった奴がいるんです。新しい奉公人です」

他の客には聞こえぬほどの低声で言う。

「なんだと？」

「聞けば《多嶋屋》は、叩き上げにしては恐ろしく用心深くて、新しく人を雇うときには口入れ屋を頼まず、知り合いから紹介してもらった身許の確かな者だけを雇っているそうです。誰かが辞めたわけでもないのに、突然新しい奉公人を雇うなんて妙じゃありませんか？」

「例えば、家族の誰かが強引に引き入れたとすれば？」

「家族の誰かが？」

「《多嶋屋》の実権を握ってるのは、あの後妻だ。あの女の意向には誰も逆らえないだろう」

「ですが、あの後妻が、いまこの時期に新しく人を雇うでしょうか？　うちの旦那様

に、九右衛門の過去を探ってほしい、と頼んでるんですよね」

「うちの旦那様には外から調べさせておいて、家の中にはてめえの手下を引き入れたのかもしれない」

「あの女には、実家から連れてきて密かに使ってる忠実な手下がいるんです。こいつが、すごく有能な奴で、卯之吉が言うには、あの身ごなしは伊賀者《いがもの》じゃないか、と。だから、わざわざ波風立ててまで、店の中に人を入れる必要はない筈です」

伊助は終始冷静な口調で述べる。

「伊賀者?」

「あくまで、卯之吉の見立てですが」

「いや、卯之吉の見立てなら、間違いないだろう」

「ですから、新しく人を入れたのはあの女じゃない。おそらく、先妻の子の庄二郎です」

「庄二郎が?　なんのために?　商売に身が入らず、酒色に耽《ふけ》っているだろう?」

「なんのためかはわかりませんが、例えば誰かに脅されたとしたら?」

「庄二郎が?」

「刺客を雇って義母を殺そうとするような浅はかな奴です。隙だらけで、いつどんな悪党の的にされても不思議はありません」

「庄二郎が、何者かに脅されているというのか？」

「脅されたとは限りません」

「脅されたのでなければ、なんだ？」

「甘言を弄して誑《たぶら》かされた、とも考えられます」

「なるほど、あり得るな」

忠蔵は納得した。

伊助の言葉はややまわりくどいが、理路整然としていて、一旦理解すれば疑う余地はない。

刺客を雇って義母の命を狙った庄二郎だが、あまりに愚劣なこの男は、刺客の雇い主が自分であるということが既に義母に露見しているとは夢にも思っていないに違いない。

そこへ、

「《多嶋屋》の身代が欲しいなら、お手伝いしますよ」

とでも囁かれれば、手もなく騙される。

《多嶋屋》の事情に詳しい者がその気になれば、庄二郎ほど利用価値のある男はいない。

「それで、その新しく入った奉公人てのはどんな奴だ？」

「一見二十歳そこそこの若僧に見えますが、実は四十を過ぎたおっさんです」

忠蔵は唐突に話題を変えたが、少しも慌てず伊助は答える。

「そこまで見抜けたか。さすがだな」

「いいえ」

伊助は謙遜して首を振ったが、耳の良さが卯之吉の特技であるように、伊助もまた超人的な視力のよさを誇る。一度見たものは忘れないし、変装や仮装も確実に見抜く。

「で、その男はいまどこにいる？」

「蔵で、荷出しの手伝いをしています」

「塀の外から覗けるかな？」

「充分に――」

「じゃあ俺はそいつの面拝んでから帰る。お前も、適当に切り上げて夕餉までには戻ってこい」

忠蔵の言葉に、伊助は無言で頷いた。

「大変だ、旦那様」

すっかり血の気の失せた顔で忠蔵が隠し部屋に入ってきたとき、東次郎はこの数日間密かに抱いてきた不安が的中したことを確信した。

「《羅刹》の鬼吉一味が狙ってるのは、《多嶋屋》だ」

「なんだって！」

当然東次郎も顔色を変えたが、心の何処かでそんな予感がしていた気もする。

「なんでわかったんだ？」

「《羅刹》一味の手下が、《多嶋屋》に送り込まれた」

「間違いないの？」

「俺がこの目で確かめた。間違いない」

「………」

「相変わらず、気乗りがしないようですね」

「別に、そういうわけじゃないが」

「一体なにを躊躇《ためら》ってるんです、旦那様」

「だって、《多嶋屋》は親の敵かもしれない相手だよ。なんでそんな奴、助けてやる義理がある？」

「旦那様……」

一瞬呆気にとられたあとで、

「本気で言ってるのか？」

忠蔵は東次郎に問い返した。

「本気だったら、どうなんだ？」

「見損なったぜ」

「え？」

「確かに、《多嶋屋》九右衛門は旦那様の敵かもしれない。けど、大半の《多嶋屋》の奉公人たちは無関係だ。それはわかってんだろ？」

「…………」

「それに、あの後妻だって。……忌々《いまいま》しい女だが、だからって、殺されていいって道理はねえ」

「そうなれば、いっそ後腐れなくていいじゃないか？」

「一坊ッ！」

忠蔵は思わず口走る。

「…………」

「あのとき…のこと、覚えてるか?」

「あのとき?」

突如搾り出すような声音で忠蔵が言い、東次郎はそれを訝しむ。

「長崎からの帰り、商家の荷駄隊が目の前で凶賊に襲われてるとこに出会《くわ》したろ。覚えてるか?」

「覚えてる……よ」

仕方なく、東次郎は肯いた。

「あのとき、関わり合いになるのを恐れて見殺しにしようとする俺に、お前は言った。『あれは、《井筒屋》の奉公人たちだ。あのときは助けられなかったが、いまなら助けられる。助けなければならぬ』と。それで俺は目が覚めて、賊に立ち向かった。あのときのお前の勇気がなければ、その後《唐狐》が誕生することもなかったんだ」

「でも、あのときは結局、大半の人足たちが殺されてしまい、助けられたのは子供一人だけだ……結局無力なことに変わりはなかった」

「違うッ」

忠蔵は思わず声を荒げる。

「たとえ救えたのがたった一人であろうと、救えたということに意味がある。救えていなければ……もしお前があのとき死んでいたら、そこですべてが終わっていた。生きてこそ、意味があるのだ。わかるか?」

「わから……ないよ」

東次郎は力無く首を振り、更に、

「忠さんは、なんで私をそんなに追いつめるんだ?」

いまにも泣きそうな顔で問い返した。

「もう…追いつめないでくれ」

東次郎のそんな顔を見るのは、山の中で暮らした頃以来だった。親を亡くし、その悲しみも癒えぬうちに連日忠蔵にしごかれては隠れて泣いていたひ弱な少年。いまは昔のことではない。東次郎の中には、いまなお精神的に脆弱なところがあり、ほんのちょっとの切っ掛けでそれが湧出してしまう。

忠蔵は、もうそれ以上、東次郎に言葉をかけることができなかった。

第五章　恩讐の果てに

一

山中には風が吹いていた。

それも、時折強く吹きつける。

そのため草も樹木も獣のような呻りをあげ、殊更に不安をあおった。

「こんな日に野宿はいやだなぁ」

「なに言ってんです。丸山《まるやま》遊女といつまでも後朝《きぬぎぬ》の別れなんぞ愉しんで、すっかり出立が遅れたのは旦那様のせいでしょうよ」

「そんなこと言ったたって……後朝は大切だろう」

「だったら、自業自得なんだから、文句言わないでください」

いつもながら、忠蔵の返答はにべもない。

「だいたい忠さんが冷たすぎるんだよ。いくら遊女だからって、縁あって契った以上、妻として扱ってあげなきゃ」

「だったら、旦那には一体何人の妻がいるんです？」

「…………」

一旦口を閉ざしてから、

「な、せめて火を焚いて、温かいものを食べないか？」

「こんな風の強い日に火なんか焚いてごらんなさい。忽《たちま》ち山火事ですよ」

「…………」

「干し飯《いい》と干し肉を食べて、さっさと寝るんです」

「わかったよ」

落胆した東次郎が肩を落として未だ白々として暮れる気配のない空を仰いだとき、
ガラガラガラ……

夥《おびただ》しい数の車輪が地を転がる音を察した。

「え？」

「…………」

忠蔵も意外そうに音のするほうへ目をやった。明らかに、商家の荷駄隊と思われる一群であった。

釣瓶落《つるべ》としと言われるとおり、この季節の日没は不意に訪れる。山越えの途中で日が暮れ落ちたりしたら、それこそ命取りだ。それ故忠蔵は早々と野宿を決めた。

夜間の山中が危険と隣り合わせだということを、熟知しているが故だ。

ところが、四半刻後には日没が訪れてもおかしくない登り道を上がってくる荷駄の一団がある。

(馬鹿な……わざわざ襲われるために来やがったのか)

忠蔵は内心呆れた。

先を急ぎたい気持ちはわかるが、こんなところで無茶をして、一体なんになるというのか。

忠蔵が密かに危惧したとおり、荷駄を襲うために待ち伏せていた盗賊たちは、音もなく彼らに忍び寄っている。そしてそのことに、忠蔵はかなり早くから気づいていた。

抜き身を手にした者の夥しい殺気が、何処《どこ》からともなく漂っていたのだ。

それ故、荷駄の前途を阻む形で十数人からの武装した男たちが現れたことにも、さほど驚きはしなかった。

驚いたのは東次郎だ。

「盗賊だ、忠さん！」

気づくと忽ち色めきだち、無謀にも自ら飛び出していこうとする。

「旦那様ッ」

「だって、盗賊だよ」

「ええ、盗賊です」

「荷駄隊が襲われる！」

「………」

「襲われるんだよ、忠さん。どうすればいい？」

「どうもこうもありません」

狼狽《うろた》える東次郎を、忠蔵は必死に宥《なだ》めた。

「堪えるんですよ」

「え？」

「いま飛び出していったからって、俺たちになにができるって言うんです」

「なに言ってんだ、忠さん！」

「静かにするんです」

「でも……」

東次郎はいまにも忠蔵の腕を振り払い、飛び出していこうとしている。既に十歳の少年ではない。

一見華奢で小柄な東次郎だが、忠蔵の薫陶を受けて体を鍛え、人並みの膂力《りょりょく》を身につけた上、武術にも長けている。渾身の力で抵抗されれば、易々と抑え込むことは難しい。

「放せよ、忠さんッ」

「放しませんッ」

それでも忠蔵は懸命に東次郎の四肢を捉え続けた。

膝丈よりも長く伸びた草むらが、二人の姿を賊から隠しているのは幸いだった。

だが、二人の目の前では、いましも惨劇が起こらんとしている。

荷車の数は、ざっと数えたところでも十台以上。かなりの数の荷駄隊だ。おそらく、大坂あたりの豪商が、長崎で買い付けた貴重な品々を一日も早く運ばせようと無理をさせたのだろう。

「荷を置いて立ち去れば、命は奪わんッ」

賊の頭《かしら》と思《おぼ》しき者が声高に言い放った。

だが、荷駄を運ぶ人足たちは誰一人逃げなかった。事が急すぎて、思慮が及ばなかったのであろう。その場に立ち竦《すく》んだまま、一歩も動けずにいた。恐怖故の足の竦みを、賊は全く逆の意味に受け取った。

「殺せーッ」

頭の号令とともに、荷駄を運んでいた人足たちめがけて、抜き身を振り翳した十数人の凶賊どもが襲いかかる——。

山中にてたまたま出会《くわ》した光景だ。

幸い賊どもは野宿を覚悟した東次郎と忠蔵がすぐ側《そば》に潜んでいることに全く気づいていない。見なかったふりをしてやり過ごすことは十分可能なのだ。

だから忠蔵は、渾身の力で東次郎の体を捉え続けた。だが、

「ぎゃーあッ」

最初の一人が無防備に斬られるのを見ると、東次郎の興奮は極に達した。

「堪えられるわけ、ないだろうッ」

忠蔵の腕を振り払いざま、東次郎は言い返した。振り払われても、だが忠蔵はすかさずその袂《たもと》を摑んで引き戻す。

「じゃあ、一体どうするつもりです?」

「決まってる。助けるんだ」

「無茶ですよ。賊は十人以上いる」

「無茶じゃない」

袂を捉えられて引き戻されながらも、東次郎は懸命に言い募った。

「あれは《井筒屋》の奉公人たちなんだ」

忠蔵を顧みて言い募った両目からは、見る見る涙が溢れ出していた。忠蔵は思わず息を呑んだ。そのとき忠蔵を見返していたのは、十歳の少年の泣き顔だった。

「わからないのか、忠さん？　あれは、あのときの《井筒屋》の奉公人たちなんだよ」

「一坊……」

少年の泣き顔に、忠蔵は忽ち圧倒された。

「あの晩、わけもわからず、突然命を奪われた《井筒屋》の奉公人を、これ以上増やすわけにはいかないんだ。わかるだろう？」

「…………」

「あの人たちも、生きていれば、好いた女子と夫婦になったり、暖簾《のれん》分けした店が繁盛して分限者《ぶげんしゃ》になったり、親孝行したり、すごく美味《おい》しいものを食べたり……いいことが沢山あったかもしれないんだ。みんな、昨日まで見てた夢がかなう前に死ぬなんて、夢にも思わなかった筈だ。奪われた命は金輪際《こんりんざい》戻らないんだよ、忠さんッ」

「…………」

涙ながらに訴える東次郎の言葉は、忠蔵の胸を鋼の如く打ち砕いた。

「私は、もう二度とあんな思いはしたくないんだよ」

「旦那様」

それでも忠蔵はなお声音を押し殺し、東次郎を宥めようと努めるが、

「いまの私たちにならら、助けられるじゃないか」

東次郎は一向聞く耳を持たない。

「助けるんだよッ」

「いまの俺たちにだって無理なものは無理だ、旦那様――」

「無理じゃない。私の暗器《あんき》で、すくなくとも五人は斃《たお》せる。残りは忠さんが斬り殺せ」

「いい加減にしろ、一坊ッ」

「じゃあ、いい。私が一人でやってやる」

「ちょっと待て――」

忠蔵は懸命に東次郎を押し留めた。

「奴らを片づけるのに、なにも命を張る必要はない」

「え？」

「もっと簡単にできるから……。ちょっと待ってろ」

言うなり忠蔵は背負っていた荷の中を探りはじめた。

「忠さん？」

「待てよ、一坊。勝手に一人で飛び出すなよ。出るときは二人一緒だ」

「飛び出すなって言っても、早く助けないと、どんどん殺されちゃうよ」

「いま飛び出したら、こっちもやられちまうんだよ」

「じゃあ、どうするんだよ？」

「これだ！」

荷の中から、手探りで小さな紙袋を捜し出した忠蔵は、更にその中から紙包みを取り出すと、手早く開いて中の粉を、風下めがけて振りまいた。

風は、未だやんでいない。

幸い、賊どもは彼らの風下にいた。

「あれ、なに？」

「長崎で手に入れた南蛮渡来の薬ですよ。高い薬なのに勿体ない……」

「毒薬？」

「いや、痺れ薬だ。少しでも動きが鈍くなれば楽に斃せる」

「なるほど――」

東次郎が見入るうちにも、早速《さっそく》粉薬を吸い込んだのか、賊どもの動きが目に見えて鈍くなった。

「よし、行くぞ」

「おう！」

忠蔵に促されて、東次郎もそのあとに続いた。

忠蔵は腰に挟んだ長脇差を抜き放ち、手近な者から斬ってゆく。

「な、なんだてめえらッ！」

突然現れた二人に、当然賊は驚嘆した。

驚嘆はしても、体の反応は鈍い。

「てめえら……」

賊どもは、辛うじて得物を構えているものの、最早《もはや》自由には動けないようだった。

動けない者たちに向かって、東次郎は躊躇《ためら》うことなく、暗器を放った。敵に向かって、袂をひと振りふた振りするだけでいい。

袂から鍼《はり》が飛び、目指す敵の喉元や鳩尾《みぞおち》など、絶妙なツボに刺さる。毒など塗っていなくても、的確にツボに刺されば命を奪える。

長崎で出会った唐人の武芸者から習った技で、東次郎にとってはまたとない似合いの殺人技だった。着物の中に凶器を隠し持ち、いざというとき、自在に放つ。

隠し武器はなんでもよいが、東次郎は袂に忍ばせる暗器として鍼を選んだ。

軽量な上、大量に所持することができる。

ときには鍼の先に毒を塗るもよし。だが毒を塗らずとも、ただ急所に打ち込むだけでも、充分敵を葬ることができる。

「外道《げどう》ども、死ぬがいい」

東次郎の放った鍼は、確実に賊どもの急所を突いていた。

賊どもにとっては、ほんの一瞬のことだったろう。何が起こったのかを確かめる暇もなく、全滅した。

「お父ッ、お父ーッ」

あとには、残された子供の悲痛な泣き声だけが残った。荷駄を率いる主《あるじ》の家族だろうか。目の前で父親を斬殺された子供の、その悲しい泣き声が、いつまでも耳朶《じだ》に残って消えず、東次郎の胸には自ら放った鏃が刺さった如き痛みが残った。
（なんだい。随分と古い夢じゃないか）
目覚めてからも暫《しばら》くは、東次郎は布団に身を横たえたままでいた。
（忠さんが妙なことを言いやがるから、見たくもない夢を見ちまった）
いまとなってみれば、東次郎にとっては苦《にが》い負け戦《いくさ》だ。
助けたい、と願いながら、結局は救えなかった。
賊を全員始末できたことだけはせめてもの救いだが、荷駄を運んできた人足の殆ど
が賊の手で命を落としていた。
東次郎にとっては、我が家が襲われた晩同様に苦い思い出だ。
その苦い思い出を、よりによって忠蔵の口から指摘されるとは思わなかった。
（そうだよ。あれはみんな《井筒屋》の奉公人だ）
胸が苦しくて、仕方なかった。
（だからこそ、助けなきゃいけなかったんだ。なのに……）
漸《よう》く半身を起こすと、枕元に置かれた白湯に手を伸ばす。
すっかり咽《のど》が渇いていて、ひと息に飲み干した。

(畜生、忠さんのやつ、私の泣き所を……)

東次郎はゆっくりと起き上がり、障子を開けて部屋の外に出た。

当然外はまだ真っ暗だ。夜明けまでにはかなりのときがありそうだった。

縁先から庭へ降り、植え込みの南天《なんてん》までゆっくりと歩く。

庭に南天を植えたのは、彼が生まれ育った《井筒屋》の住まいにも、植えられていたからだ。メジロもどきの小鳥を可愛がっているのも、同じ理由だった。尤《もっと》も、彼の父親が飼っていたのは本物のメジロだったが。

(なんだ?)

ふと、南天の根元になにか蠢《うごめ》くものの影を認め、東次郎は訝《いぶか》った。

てっきり、野良猫でも入り込んできたのかと訝ったが、

「うぅーッ」

影が更に大きく蠢き、呻き声すら発したことに、東次郎は容易《たやす》く戦《おのの》く。

「な、何者だ⁉」

誰何《すいか》しつつ、恐る恐る履物の先で影を突っつく。

「もう……飲めないよ」

すると、小さく蹲《うずくま》っていたその塊は俄《にわか》に四肢を動かし、人の姿となった。

東次郎は我が目を疑った。いくら小柄な卯之吉とはいえ、猫と見間違えるとは。

「卯之吉じゃないか」

「卯之吉なのかい？」

東次郎は恐る恐る問いかけた。

「へぇ、卯之吉です」

蹲ったままで、卯之吉は返事をする。

「なにやってんだい、そんなところで？」

「なにって……伊助さんと飲んでるんですよ」

「寝惚《ねぼ》けてるのかい？」

正体が知れれば最早恐れることはない。東次郎は蹲った卯之吉の襟髪《えりがみ》を摑んで引き上げると、その頰を軽く叩いた。

「しっかりおしよ、卯之吉」

「手前はしっかりしてますよ」

「ああ、こんなに酔っちまって……伊助と飲んでて、酔い潰れたのかい？」

「いいえ、まだまだ飲めますよ。……酔い潰れてなんぞおりません」

「立派に酔い潰れてるだろう」

東次郎はさすがに呆れ果てた。

自分が聞こし召したときのことはすっかり棚に上げている。

「いい歳をして、なにをしてるんだい、お前たちは。……だいたい、伊助も伊助だ。こんな状態のお前さんをほかして一人で帰っちまうなんて、情がないにもほどがある」

独りごちながら、それでも足早に湯飲みを取りに行き、暗闇の中で井戸から水を汲んで湯飲みに注ぐ。

「ほら、水をお飲み」

ぐったりしている卯之吉を抱き起こし、湯飲みを手に持たせてやると、

「いただきます」

言うが早いか、咽を鳴らしてぐびぐびと飲み干した。

「もっと飲むかい？」

「はい、いただきます」

果たして相手が東次郎だとわかっているのか、遠慮も会釈もせずに卯之吉は肯く。

「ったく、しょうがないなぁ」

軽く舌打ちをしてから、東次郎は再び井戸端に走り、水を汲んだ。

「ほら、飲みなさい」

湯飲みを手渡すと、今度も親の敵《かたき》に出会ったかの勢いで、湯飲みに一杯の水を卯之吉は忽ちにして飲み干す。

「………」

それで漸く人心地ついたのか、酔眼朦朧《すいがんもうろう》とした目で、東次郎を見上げてきた。

暗闇の中ではあるが、二人とも夜目がきくので、卯之吉が正気を取り戻しさえすればなんの問題もない。だが、

「だ、旦那様ッ！」

正気を取り戻すとともに、卯之吉は当然のように狼狽えた。

「こ、これは一体……」

「酔いが醒めたのか？」

「いえ、あの……私はここで……一体なにを？」

「私が聞きたいよ。伊助と飲んでたのかい？」

「………」

卯之吉は無言で肯いた。

「なのに、なんでいまは一人でここにいる？」

「つい、飲み過ぎてしまいまして……」

「何故飲み過ぎた？　そんなに分別のない子じゃなかったろう？」

「それは……」

「飲み過ぎるからには、それなりの理由があるだろう？」

「………」

「違うのかい？」

「実は、伊助さんと、仲違《なかたが》いしてしまいまして……」

「どうして仲違いしたの？」

「些細なことです」

「些細なことではないだろう？」

東次郎に追及されて、卯之吉は気まずげに口を閉ざした。その顔つきを見れば、卯之吉の心中は一目瞭然であった。

「《羅刹》の鬼吉一味をやるかどうかで、お前たちは諍《いさか》いをしたのだろう？」

「いいえ、そんな……」

「お前はどう思う、卯之吉？」

「え？」

「危険を冒しても、《羅刹》一味をやるべきだと思うのかい？」

「いいえ、思いません」

「え？」

迷わず首を振った卯之吉の反応に、東次郎のほうが戸惑った。

「思わないの？」

「私は、旦那様に救われた者でございます」

「だから？」

「旦那様のお心には逆らいたくありません」

東次郎を見返す卯之吉の目に涙が溢れていることに、漸く気づいた。

卯之吉は、東次郎と忠蔵が長崎を発ったその同じ日に、山中で襲われた荷駄隊の生き残りだ。伊賀の里の生まれ育ちで、幼い頃から訓練は受けていた。

だが、伊賀の里に生まれ育ち、忍びの修練を受けているからといって、皆が皆、忍びになるわけではない。先ず、この太平のご時世に、必要とされない。それ故生きるために里を出て、職を求める者が、圧倒的に多い。

卯之吉の父親も里を出て職を求め、人足などその日暮らしの稼ぎで卯之吉を育ててきた。母の顔は知らない。十の歳まで育ててくれた父親が唯一の家族だ。

だが、その父親もある日突然目の前で殺された。

父親を求めて泣き喚く卯之吉を、突如現れた東次郎と忠蔵が慰め、その後もいまに至るまで面倒を見てくれた。丸山遊女と清人《しんじん》の商人のあいだに生まれた伊助は、清人と取引のある長崎商人の家に引き取られていたが、盗賊に襲われ、たった一人で逃げてきたところ、東次郎と出会った。卯之吉とほぼときを同じくして《高麗屋》の子となった伊助が圧倒的に忠蔵贔屓《ひいき》なのに比べて、卯之吉は断然東次郎派だ。

「それにしても、なんだってこんなところで寝てたんだい？」

東次郎は問うた。

「…………」

「夏じゃないんだ。こんなところで朝まで寝てたら、風邪を引くだろう。お前たちの使ってた部屋はいまでもあのころのままだ。お前なら入れるだろう。なんで、部屋で休まない？」

「それこそ、伊助さんに叱られます」

「伊助に？」

「『俺たちはもう、旦那様に拾われた子犬じゃねえんだ。これ以上、迷惑かけちゃならねえ』って……」

「伊助は頭が固いね。忠さんにそっくりだ」

東次郎は虚しく破顔《わら》った。

笑う気などさらさらないが、いまは卯之吉の手前そうするよりほかなかったのだ。

二

「やるよ」

翌日東次郎は朝餉の席で忠蔵に告げた。

「え？」

「やればいいんだろ」

「え？」

唐突なことで、忠蔵は当然戸惑った。

「なにをやるんですか？」

「《羅刹》に決まってるだろう」

「………」

忠蔵は容易く言葉を失い、東次郎の顔に見入る。

「《羅刹》の鬼吉一味を、獄門台に送ってやる。……いや、奴らのやり口と同じにするってことは、私たちの手で皆殺しにするってことだよね？」

「え、ええ」

「なら、覚悟を決めなきゃね」

蜆《しじみ》の味噌汁を一気に飲み干してから、

「私たち四人で、《羅刹》を皆殺しにできる方策はあるのかい？」

東次郎は問い返した。

「勿論、ありますよ」

当然、勢い込んで忠蔵は応じる。

「なら、いい。やろう。《多嶋屋》の件は後まわしだ」

「本当にいいんですね」

忠蔵は念を押した。

昨夜までの彼とは別人のような東次郎のことが、俄には信じられない。

「しつこいね。やるといったら、やるんだよ」

「ですが、昨夜までは……」

「昨夜は昨夜。朝になったら気が変わったんだよ。文句あるかい」

「本気なんですね？」

「ああ、本気だよ」

東次郎は肯いた。

「《羅刹》の一味なんざ、根絶やしにしてやるよ」

東次郎は再び肯き、箸を止めた。

魚の骨でも歯に挟まったのか、しばし眉を顰《ひそ》めていたが、

「問題は、お富由に知らせるかどうかだが――」

忠蔵が再び目を剝くようなことを言いかける。

「知らせるわけないでしょう、なに言ってんです！」

「何故だい？」

「じゃあ聞きますが、知らせるとして、なんて知らせるんです？」

「《多嶋屋》が、《羅刹》の鬼吉一味に狙われてるから気をつけろ、って――」

「『なんでそんなことわかるんだ』って問い返されたら、どうするんです？」

「火盗の与力に聞いたって言えばいいだろ」

「いいわけないでしょ。商家の番頭が火盗の与力と昵懇にしてることなんて、絶対に知られるべきじゃない」

「どうして？　忠さんと与力の旦那が幼馴染みなのは事実なんだし、別に問題ないでしょ」

「大ありでしょう。下手《へた》すりゃ、俺たちが《唐狐》だって露見する」

「それは大丈夫でしょう。……じゃあ、《羅刹》のことは告げずに、新しく雇った奉公人のことをよく調べたほうがいい、って教えてやるのは？」

「それは……」

　忠蔵はしばし考え込んだ。

（《羅刹》一味がこれまで証拠一つ残さず殺戮を重ねてこられたのは、それだけ用心深いからだ。送り込んだ手先が身許を暴かれたりすれば、そのお店を狙うのをやめるかもしれないが……）

　そこまで考察した結果、東次郎の思惑を忠蔵は覚った。

「《羅刹》の狙いを、《多嶋屋》からはずしたいんですね？」

「できればね」

「どうしてです？　《羅刹》が《多嶋屋》に押し込む前に片づけちまうつもりなんだから、別にいいじゃないですか」

「この世に絶対はないんだよ、忠さん」

「……………」

「敵かもしれない《多嶋屋》が絡むことで、私は冷静じゃいられないかもしれない。冷静じゃなければ齟齬《そご》が生じる。……そう言ったのは忠さんだよ」

「それはそうですが」

「だったら、齟齬が生じる可能性の芽はなるべく摘んでおくべきじゃないか」

「ですが、既にある程度調べがすすんでるお店を諦めて別のお店に狙いをつけるよりは、手下の一人くらい使い捨てても、強引に《多嶋屋》を襲うかもしれません」

「そう…かな？」

今度は東次郎が考え込む番だった。

「ですから、ここで波風を立てて振り出しに戻すよりは、しっかり押し込みの日取りを調べて、先手をとるほうが手堅いんじゃないですかね？」

「どうだろう？」

やると決めたときには晴れ渡っていた筈の東次郎の胸中に、再び澱のような濁りが生じることに、忠蔵は不安を覚えた。

伊助の睨んだとおり、その男をかなり強引に雇うよう勧めたのは、庄二郎であった。

胡散臭《うさんくさ》いことを承知で富由がそれを認めたのは、庄二郎を尊重したというよりは、彼女なりの思惑があってのことだろう。或いは、その者になにか大きな失策を演じさせることで庄二郎の権限を押さえ込もうという浅知恵かもしれない。まさか、凶悪な盗賊一味の引き込み役だなどとは夢にも思うまい。

（しかし、あれが四十を過ぎてるとは、伊助じゃなきゃ、到底見抜けねえな）

お店の中では、若者らしくキビキビと働いていたその男が、いざ休みをもらってお店を出ると、千住《せんじゅ》宿方面に向かって一刻ほども歩いた頃、肩が落ち、足どりには疲れが見えはじめた。

（確かに、四十を過ぎてるな）

確信しつつ、忠蔵はそいつのあとを尾行《つ》けた。

そいつは、《多嶋屋》では、吉次《きちじ》と名乗っていた。ありふれた名にすれば、人の記憶には残りにくい。新規にお店勤めをするなら、年齢は若いほうがいいに決まっている。

（てことは、《羅刹》一味の手下には、もう若いやつはいねえってことか）

漠然と忠蔵は思った。

引き込み役は重要な役目だ。経験の乏しい若造には任せられない。それ故、若見えで、若者のふりができる者を送り込んでいる、ともいえるが、実は若手の引き込み役が育っていない、ともいえる。

吉次は、尾行に対してはほぼ無防備で、四十過ぎの疲れた中年男の本性を晒しつつ、一途に千住宿を目指していた。

そこに、《羅刹》一味の隠れ家があることは間違いなかった。

(五日もあれば、お店のあらましは調べられた筈だ。それを小頭に報告すれば、じきに押し込みの日取りが決まるな)

確信しながら吉次のあとを尾行けると、やがて彼は、宿場はずれの古い建物の中へと入っていった。

もとより、すぐにずかずか近づくような真似はしない。遠巻きに建物の場所を確認してから何食わぬ様子で宿場の目抜き通りのほうへと歩いた。

千住の賑わいは、両国や日本橋界隈と比べてもなんら変わりない。が、表通りに建ち並ぶ店の殆どは岡場所だ。あとは居酒屋か飯屋、或いは旅籠《はたご》だ。人の出入りの多い宿場町であるから、少しくらい怪しい人間が入り込んでいても、誰も見咎めはしない。

或いは、通りを歩いている旅人の半数以上が悪党である可能性も否めないだろう。

半刻ほども通りをひやかしてから、忠蔵は例の宿場はずれの古い建物に戻った。

よく見れば蔵のようで、表には樽が幾つも積まれている。

(元は造り酒屋の酒蔵か?)

注意深く中を窺う。

先刻吉次がこの中に入ってから、既にかなりときが経っている。とっくに用を終えて立ち去った筈だ。

千住宿は江戸から二里。手近で、誰でも足を踏み入れやすいことから連絡場所に使っているのだろう。隠れ家は何処か人目に触れぬ場所にあるに違いない。

(隠れ家の手がかりでもあれば……)

中が無人であることを確かめてから、忠蔵はゆっくりと中に入る。

廃屋になって久しいのだろう。酒の香はどこにも漂っておらず、天井のいたるところに蜘蛛《くも》の巣が張っていた。

土間には当然堆《うずたか》く埃《ほこり》が積もっているが、それが複数の足跡を際立たせている。

(少なく見積もっても、常時十数人は出入りしてるな。それだけの人数が寝泊まりできる隠れ家となると、余程の郊外でないと無理だな)

忠蔵が漠然と思案したとき、

「おい、そこでなにやってる?」

不意に声をかけられた。

入口に佇《たたず》む人影がある。

(しまった!)

無人とわかって、つい油断してしまった。

だが、見たところ人影は一つだ。

(逃げよう)

「てめえ、火盗の犬か?」

と凄む男をめがけて忠蔵は突進した。

男に激突する際、固めた拳をその土手っ腹めがけてぶち込むことを忘れない。

「うわぁーッ」

「ぎゅひぃッ」

男は悶絶してその場に蹲り、忠蔵はそのまま走り抜けた。建物の外にもう二人ばかり与太者ふうの者がおり、飛び出してきた忠蔵に仰天したが、彼らが反応するより早く、忠蔵は走り去っていた。

一見町人の身形《みなり》をしていながら、全く隙のない忠蔵を、見る者が見れば怪しむに違いない。

(念のため、遠回りをして帰ろう)

尾行がついていないかを確かめるため、あえて千住大橋を渡ったりなどしてときを稼ぎ、すっかり日が暮れ落ちてから帰路に着いた。

三

「忠さん、遅かったね」

夕餉《ゆうげ》の時刻になっても戻らぬ忠蔵を、東次郎はかなり案じていたようだ。

「一体何処に寄り道してきたんだか」

平静を装って軽口を叩くが、夕餉の給仕をしてやりながら、

「明日から、私もなにか手伝おう」

と言いだした。

「旦那様が？　冗談じゃない。気ままに出歩かれるだけでも迷惑なのに」

忠蔵は冷ややかに言い返す。

「迷惑って……あんまりじゃないか」

「余計な仕事を増やさないでくれ、と言ったのは旦那様でしょう。美味《うま》い飯を作って

てくれれば充分です」

「飯くらい、いくらでも作るが……伊助も卯之吉も、外回りの仕事をしながら密偵の仕事もしてくれてるんだ。私一人が遊んでいるわけにはいかないだろう」

「それが迷惑なんですよ」

「いいよ、いいよ。遠慮しなさんなって。……隠れ家捜し、手間取ってるみたいだから、私が引き受けよう。捜し物は得意だから」

「だから、やめろっつってんだろうがッ」

味噌汁を飲み干すなり忠蔵は声を荒げ、膳の上に椀を叩きつける。

「………」

一瞬呆気にとられてから、

「なんだよ、その言い方は。隠れ家見つけなきゃ、なんにもはじまらねえだろうがよ」

東次郎の言葉つきもつい荒くなる。

忠蔵が東次郎の内偵を拒むのは彼の身を案じるからに相違ないが、東次郎とて、なにもせず手を拱《こまね》いているわけにはいかない。《羅刹》一味を潰すと決めたのは、当主である彼自身の決断なのだ。

「旦那様もわかってるだろうが、今度の相手はただの盗っ人じゃねえ。言ってみりゃあ、殺し屋集団です。……こっちの手の内を知られるのは命取りなんですよ」

「なんで私が内偵に参加すると、こっちの手の内を知られることになるんだ？」

「旦那様が隙だらけだからですよ」

忠蔵は厳しく指摘した。

「旦那様の勘がいいことはわかってますよ。内偵も下手じゃねえ。けど、てめえの直感で動くもんだから、富由みてえな女にあっさり付け入られるんです」

「それは私も反省してるよ。しつこく言わないでくれ」

「しつこく言わなきゃ、すぐに忘れちまうでしょう」

「忘れないよ。忠さんの中では私は鶏《にわとり》なみの記憶力しかないのかい？」

「………」

東次郎の問いに、忠蔵はさすがに口を噤《つぐ》んだ。

「じゃあ、百歩譲って私は外に出ないとして、私の見立てだけは言っておくよ。千住宿を連絡場所に使ってるなら、隠れ家は千住大橋を渡った先の川沿いの田地だ。農家が多いから、使ってない肥料小屋も多い。多分船で移動するつもりだろうから、渡し場の近くを集中して捜すといい」

「何故船で移動するつもりだと?」

「もし自分が《多嶋屋》に押し入ると考えてみなよ。盗み出した千両箱を運ぶのに、荷車使って悠長に移動するより、船がいいに決まってるだろ」

「確かに――」

　忠蔵は忽ち納得した。

　東次郎の勘を、疑う必要はない。

　翌日、伊助と卯之吉にその旨を命じて捜索させると、その日の夕餉の刻限までに二人は見事に《羅刹》一味の隠れ家を探し当ててきた。

「間違いないか?」

「ありません」

　伊助が答えた。


　ところが、そろそろ押し込みの日取りが決定する筈の頃になって、問題が発生した。

「頭の鬼吉が、未だに江戸入りしてねえみたいなんです」

　と伊助は報告し、

「間違いない」

忠蔵もそれを肯定した。

火盗の与力から聞き込んだに違いない情報を、東次郎も疑いはしない。

「もしかしたら、鬼吉抜きで押し込みを決行するつもりなのかな？」

それ故首を傾げざるを得なかった。

「まさか。それはないでしょう？」

「どうしてと言い切れるの？」

「どうしてと言われても……」

「千住の連絡場所で、忠さんは《羅刹》の手下に、『火盗の犬か？』って、言われたんだよね？　つまり、火盗に目を付けられてる自覚はあるんだ。なら、この際鬼吉抜きでやろうと思ったとしても、不思議はない。鬼吉の江戸入りが決行の合図になるからね」

「確かに。……ですが、鬼吉抜きでは、それは最早《羅刹》一味ではないでしょう」

「要は、名を取るか実を取るかということだろう」

自ら首を傾げつつも、東次郎は言葉を続けた。

「鬼吉がいてこその《羅刹》一味であるならば、今回の押し込みは流れるかもしれない。だけど、危険を冒して仲間を呼び集め、それなりに手間をかけておいて、今更諦めるってことがあるのかな？」

「考えられませんね」

「もしかしたら、この押し込みは、はじめから鬼吉抜きでやるつもりだったんじゃないのかな？」

「え？」

「この人別帳は、二十年以上も前のものだろう」

と言いざま、東次郎は手にした冊子を開いて、忠蔵の目の前に置く。

「三人の小頭は四、五年に一度代替わりすると書かれているのに、頭の鬼吉は一度も代替わりしていないようだ」

「ええ」

「てことは、鬼吉は相当な老齢と考えたほうがいい。夜を日に継《つ》いで街道を上ってくるなんて、無理な話だ」

「小頭が、てめえの一存で勝手に手下を集めた、ってことですか？」

「さも頭の鬼吉に命じられたように見せかけてね」

「けど、勝手な真似してそれが鬼吉の耳に入ったら、ただじゃすまねえでしょう」

「鬼吉も老齢だ。なめられてるのかもしれない」

「うーん、それはそれで面倒ですね」

「鬼吉が来ないとなると、押し込みの日がいつなのか、見極めが難しくなるね」

東次郎と忠蔵はそれぞれ長嘆息し、それきりしばし口を噤んだ。

「兎に角、いつもより多めに薬を用意しましょう」

「頼むよ」

忠蔵の言葉に、東次郎は短く肯いた。

四

だが、更に数日後、

「大変です」

伊助が再び血相を変えて戻ってきた。

明日か明後日にも押し込みがあっても不思議はない、という時期に、伊助のもたらした報せは当然東次郎を困惑させた。

「《羅刹》一味の隠れ家が、もう一つありました」

「え？」

「なんだと！」

東次郎と忠蔵はともに驚愕する。

「もう一つの隠れ家は、板橋宿《いたばししゅく》の近くです」

「どういうことだ？」

だが忠蔵はすぐに常の表情に戻って問い返した。

押し込みを控えた盗賊一味は、仮にそれまでいくつかの隠れ家を使い分けていたとしても、そこから足がつくことを恐れ、当日までには一つを残して他はすべて捨て去るものだ。

「まさか、板橋の隠れ家からも手下が来るってことか？」

「千住の手下だけで、十人以上いるんだろ？」

「ええ。正確には十五人くらいです」

東次郎の問いに、伊助は肯く。

「それだけいれば、充分だろ。大人数になれば、それだけ人目につきやすい」

「じゃあ、板橋の隠れ家にいる手下はなんのために？」

「板橋の隠れ家に寝泊まりしてるのは、何人くらいだい？」

東次郎が問い、

「ちょうど十人くらいかと」

伊助は答える。

「千住よりは少ないんだね？」

「はい」

東次郎は眉を顰めてしばらくなにか思案していたが、

「なるほどね」

ふと、愁眉《しゅうび》を開いて晴れやかな顔つきになった。

「なにがわかったんです、旦那様？」

「板橋の手下はおそらく捨て駒だな」

「捨て駒？」

「万一、火盗が駆けつけてきた場合、置き去りにする。そうすれば、火盗はもう追ってこない」

「なんだって？」

「おそらく、板橋の手下には、押し込みが終わったくらいの時刻に《多嶋屋》に来るように言いつけている筈だ。まさか自分たちが捨て駒だとも知らず、遙々《はるばる》板橋からやってきた連中を待ってるのはお宝じゃなくて、火盗の捕り方というわけだ」

「なんて卑怯な奴だ。そんなことを思いつく小頭はろくなもんじゃねえな。……クソ、だから板橋のほうは手下の数がいくらか少ないのか」

「まあ、捨て駒の数はなるべく少なくすませたいからね」

「で、どうするんです？」

「いつもどおりでいいだろう」

「板橋のほうも？」

「いや、板橋のほうは丸一日眠らせておいて、火盗にたれ込みの投げ文でもしとけばいいだろ。なまじ出てこられても厄介だしね」

「なら、すぐにはじめねえと」

「本当に、私は手伝わなくていいのかい？」

「当日まで、うろうろしねえで留守番しててくれたら、それで充分です」

「私も隠れ家見に行きたいんだけどなぁ」

「絶対にやめてください」

有無を言わさぬ強い語調で忠蔵は首を振った。

「なんでだい？」

「妙な恰好でうろつかれて、《羅刹》の手下に見つかりでもしたら、元も子もないからですよ」

「私がそんなドジ踏むとでも？」

「はい」

忠蔵は即座に肯き、東次郎は憮然とするしかない。

《唐狐》の常套手段としては、先ず隠れ家の水瓶《みずがめ》に薬を投入する。

それも、いきなり強い薬を盛るのではなく、はじめは味も匂いもしない弱い薬からはじめ、少しずつ強いものへと替えてゆく。多少くせのある強い薬を盛られても、その頃には舌も鼻も麻痺しているため、問題ない。押し込みの当日までには使いものにならなくなる。

万全を期するのであれば、四～五日かけてじっくりやるのが望ましいが、もうあまり日数がなさそうなので、忠蔵は薬の調合を工夫することにした。

「味覚と嗅覚を麻痺させる薬を、限界ギリギリまで処方します」

得たりとばかりに説明をはじめる忠蔵の顔をしばらく黙って眺めていたが、

「なあ、忠さん――」

東次郎はふと声をかけた。

「なんです？」

「そんな面倒な手間をかけなくてもさ、小屋に火をつけて焼き殺す、とかでいいんじゃないの？」

「………………」

忠蔵は絶句した。

「どうしても薬使いたいなら、いきなり強めの毒でもいいじゃない」

「そ、そんな、卑怯な真似は……」

「卑怯もなにも、相手は皆殺しを常套手段にしてる極悪人だよ。捕まりゃどうせ獄門なんだし」

「本気で言ってんですか、旦那様？」

「ああ、本気だよ。そのほうが危険も少ないし……確実だろ」

「い、いままでなんのために苦労を……」

「それはまあ、隠れ家を突き止めた時点で詰んでるわけだし……」

「駄目……ですよ」

忠蔵の目が虚空を睨み、表情は次第に険しいものとなる。

「絶対に、駄目だ」

「なんで？」

「そいつらと同じやり方で葬ってこその《唐狐》です。焼き殺すとか毒殺なんて、言語道断だ」

「焼き殺したって毒殺したって、皆殺しに変わりないだろ。それに、いつもは奴らに盗ませといてそれをいただくわけだけど、今回は盗みに入られたら最後、《多嶋屋》の家族や奉公人が殺されちゃうんだから、盗みに入らせるわけにもいかないし……」

「兎に角駄目です」

忠蔵は激しく首を振った。

「そんな卑怯なやり方、道義に悖《もと》る」

「道義って、忠さん……」

東次郎はさすがに苦笑した。

盗っ人から上前《うわまえ》をはねようとしている時点で、既に道義など微塵も存在していないと思うのだが、その点はどう考えているのだろうか。

「それに――」

忠蔵はふと口調を改め、真っ直ぐ東次郎を見返した。

「そんなこと考えてたなら、もっと早く言ってくださいよ」

「え？」

「ここまで来て、今更……できねえでしょう。クソ、もっと早く言ってくれてたら……誰が好んでこんな苦労を……」

そして口中でぶつぶつと文句を言う。

（早く言ってたら、そうするつもりだったのか？）

口には出さず、心の中でだけ、東次郎は思った。

「いや、早くから思ってたわけじゃないよ。なんか大変そうだから、言ってみただけだよ」

悔しがる忠蔵の様子があまりに気の毒で、東次郎はつい口走った。

「そうだよ。そんな道義に悖ること、できるわけないじゃないか。私たちには《唐狐》の誇りがある」

「そうですよ。わかりゃいいんですよ」

忠蔵は真顔で言い返したが、東次郎にとっては白々しいばかりであった。

五

その夜隠れ家を出発した《羅刹》一味は、足どりの覚束無《おぼつかな》い状態で目的地へ急ぐことなったが、当人たちはそのことに全く気づいていなかった。

それどころか、いつのまにか自分たちの仲間ではない者が列に入り込んだことにも、先頭に立っていることにも全く気づいていなかった。一味の列に入り込んだのは卯之吉で、一味を《多嶋屋》から遠ざけ、巧みにこちらの思うところまで誘導する。

「おい、なんで止まるんだ？」

すぐ後ろに続いていた者に問われるよりも一瞬早く、立ち止まるや否や、卯之吉は高く跳躍した。

跳躍した先は膝丈ほどの叢《くさむら》で、卯之吉が飛び込むと同時に、ユラリと立ち上がる人影があった。

人影は、一味の行く手を阻むように横並びで道を塞ぐ。

「なんだ、てめえらはッ！」

今回の計画を立てた小頭と思しき男が、凄みのある声音で最後尾から怒鳴った。

人影は、最初は三つであったが、すぐに一つ増えて四つになる。

黒装束に狐面をつけ直した卯之吉が加わったからに相違ないが、《羅刹》一味は知る由もない。

四人は、一言も発することなく、小頭の許まで殺到せんとした。

「この野郎ーッ」

もとより、小頭の前には十五名ほどの手下がいる。

狐面の一人が、不意に高く跳躍した。

「やぁーッ」

気合いとともに彼が一味めがけて投げつけたのは、丈の短い丸太であった。

丸太には、多少の細工が施されている。即ち、
ドガッ、
と地面に激突した瞬間、存外脆《もろ》く砕け散り、中から、色も臭いもない粉薬が四囲《しい》に飛び散る——。

「うわッ」

「ああッ」

「うぐぅ……」

粉を浴びて、十五名のうち半数が、呻きながら地に伏した。

「な、なにしやがった……」

小頭はさすがに焦ったが、狐面たちは相変わらず一言も発さない。

「殺せ、殺せッ」

小頭は喚《わめ》いたが、残った者たちは明らかに狼狽えていた。

このままでは一方的にやられるばかりだと察した小頭が、

「下がれーッ」

命じたときにはもう遅かった。

「…………」

音もなく駆け寄った狐面の一人が、狼狽える《羅刹》の手下どもを次々と蹴り、そして殴った。彼が身につけた手っ甲と脚絆にも、なんらかの薬が仕込まれていたことは言うまでもない。

「ぐぅふッ」

「げぇへッ」

「がはふぁ……」

「てめえら、卑怯だぞ……」

我一人後退した小頭が悔しまぎれに口走ったとき、

「鬼畜の口からそんな言葉が洩れるとはね」

最初に丸太を投げた小柄な狐面が低く嘲笑った。

そして嘲笑うなり、彼もまた、地を蹴って高く跳ぶ。

粉を浴びて地に伏した賊の背中にドカッと着地するなり、もう一人の狐面同様、その場にいる《羅刹》の手下を手当たり次第に攻撃する。

その攻撃もまた凄まじく、手にした短刀をひと振りふた振りする度、短刀の柄からは目に見えぬ粉塵の如き粉が飛び散っていた。攻撃を受けた相手は、確実にその粉塵を吸っているだろう。

身軽な二人が充分に敵を攪乱したところで、それまで後方に控えていた二人が一歩前へ出た。

一人は長刀を構えている。

既に一味の大半が動けなくなっている。

「うわぉーッ」

長刀を大上段に構えるなり、底低い呻りとともにそいつはまだ立っている者めがけて殺到した。

「に、逃げろ」

誰かが口走り、踵《きびす》を返そうとしたときには既に遅かった。

長刀が一人また一人と斬り殺すあいだにも、

「…………」

踵を返した者たちは声を発することもなく、次々とその場に倒れた。

首筋、背中、太腿と、もう一人の狐面の袂から放たれる鍼が、確実に急所を突いていたのだ。

「畜生ッ」

一人残った小頭が踵を返して逃げようとするのを、東次郎も忠蔵も決して見逃さなかった。

「忠さん！」

「旦那様、とどめをッ！」

忠蔵が指示するまでもなく、東次郎の鍼はそいつの盆の窪にピタリと刺さった。

「………………」

即ち絶命した体は力無く頽れる。

「終わったね？」

「終わりました」

「終わりました」

伊助と卯之吉が口々に答えた。

「じゃあ、息をしてる者がいないか確認して、さっさと帰ろう」

面をつけたままで東次郎は言ったが、二人には、面の下の主人の笑顔が見える気がした。

「今回はただ働きになっちまって、悪かったね」

帰る道々東次郎が言うと、

「いいですよ。そのうち《多嶋屋》からがっぽりいただきますから」

忠蔵が意外な言葉を返してくる。

「え？　どういうこと？」

「《多嶋屋》は敵だ。敵からいただいたって、罰は当たらねえでしょう」

「仇討《あだう》ちは駄目だって言ったくせに」

「時と場合によりますね」

「ふうん」

「ただ働きは、誰だっていやでしょう。だったら、敵からいただくしかありません」

「いただくのは金だけかい？」

「どういう意味です？」

「命はいただいちゃだめなのかい？」

「相手は死にかけの年寄りだ。どうせ放っといたって直《じき》にあの世に逝《い》きますよ」

「それじゃ駄目だろ。仇討ちなんだから、自分の手で引導を渡さないと」

「よぼよぼの老い耄《ぼ》れを殺したって、本懐を遂げた満足感なんて味わえませんよ。後味が悪いだけだ」

「そんなことないね。よぼよぼだろうが敵は敵だ。本懐を遂げなくちゃ」

いつ果てるともしれぬ二人の言い合いを一歩後ろで聞きながら、伊助と卯之吉は無言で笑いあった。

※

《羅刹》の鬼吉一味が、半数はお縄となり、半数は謎の死を遂げたという話題が江戸を賑わせてから、しばらくたった頃。

「《多嶋屋》九右衛門の正体は、《曳舟《ひきふね》》の仙三《せんぞう》でしたよ」

すっかり悟りきった顔つきの忠蔵が、東次郎に報告した。

「へえー、なかなかの大物じゃないか」

感心したように言ってから、

「江戸での押し込みは五十件以上だってさ」

東次郎は東次郎で、淡々と述べる。

たまたま視線を落としていた「偸盗《ちゅうとう》人別帳」の紙面が、偶然《曳舟》の仙三一味の頁だったのは、本当に偶然だろうか。

《曳舟》の仙三。

手下の数、二十～三十。情ありながらも欲深く、詐術を用いて能く欺き、盗む。

との記述があった。

「この、『情ありながらも――』って、一体なんだろうね？　盗っ人に情なんてあるわけがないじゃないか。……この人別帳、時々奇怪な記述がある」

「実物を、拝んでみますか？」

忠蔵が問い、

「そうだねぇ。悪くないねぇ」

東次郎は即座に肯いた。


その夜東次郎と忠蔵の二人は、《多嶋屋》の主人の寝所に忍び入った。

富由には予《あらかじ》め事情を話し、別の寝室で休むように指示したが、素直に聞くとは思えないから、今頃は隣室で耳を欹《そばだ》てていることだろう。

「………」

気配を感じてさすがに目を覚ました老人の口を塞ぎつつ、

「声を出したら、殺すよ」

と、東次郎は低く言い放った。

老人は無言で肯いた。さすがに察しがいい。

「お前、《曳舟》の仙三なのかい？」

「え？」

「答えなくていい。お前が《曳舟》の仙三であろうとなかろうと、三十年前廻船問屋の《井筒屋》に押し入って私の両親とお店の奉公人たちを皆殺しにした外道に違いない。己の罪を存分に承知して、死ねッ」

「ま、待ってくれ」

声には出さず、目顔で九右衛門は懇願した。

そっと口を塞いだ手を放すと、

「確かに、俺は、《曳舟》の仙三だ」

拍子抜けするほどあっさりと、九右衛門は認めた。

「《井筒屋》にも、押し入った」

「認めるんだな?」

東次郎の問いに、九右衛門は素直に肯く。

「認める」

「なら、敵確定だ。死んでもらう」

「ま、待ってくれ――」

九右衛門は必死に言い募った。

「確かに、《井筒屋》に押し入ったことは認める。……仕方なかったんだ」

「そんな言い訳が通用するとでも?」

「敵を…討ちたいんだよな?」

皺深い顔が、懸命に東次郎を見返してくる。

「だったら、敵の…本当の名を教える」

九右衛門は更に言い募った。

「だから頼む。見逃して…くれ」

両目にいっぱいの涙を浮かべ、懸命に懇願する老人の顔は哀れを誘うが、東次郎も忠蔵も冷静だった。老人への情など僅かも湧かず、ただ、

(これが詐術か)

と納得しただけだった。

「言え」

東次郎は短く命じた。

「と、当時の勘定奉行……」

言いかける老人の口を途中で塞ぐと、忠蔵がすかさず後頭部へ一撃くれて昏倒させる。

老人は即ち眠りにおちた。

顔を見合わせるまでもなく、東次郎と忠蔵は次の瞬間天井裏へ逃れ、そこから屋根の上へ出て、忽ち闇に紛れ込んだ。

近くで足音がしたため、反射的に逃れたが、老人の言葉の先は無論気になった。

（いや、どうせそれも詐術だ。あれは箸にも棒にもかからないクソじじいだ）

闇にまぎれて逃げるその途次で、東次郎は懸命に己に言い聞かせていた。

時代小説

二見時代小説文庫

盗《ぬす》っ人《と》から盗《ぬす》む盗《ぬす》っ人《と》1 《唐狐《からぎつね》》参上《さんじょう》！

二〇二四年十二月二十五日　初版発行

著者　藤《ふじ》　水《み》名《な》子《こ》

発行所　株式会社　二見書房
〒一〇一-八四〇五
東京都千代田区神田三崎町二-一八-一一
電話　〇三-三五一五-二三一一［営業］
　　　〇三-三五一五-二三一三［編集］
振替　〇〇一七〇-四-二六三九

印刷　株式会社　堀内印刷所
製本　株式会社　村上製本所

落丁・乱丁本はお取り替えいたします。定価は、カバーに表示してあります。

ISBN978-4-576-24108-1
https://www.futami.co.jp/